Collins

175 YEARS OF DICTIONARY PUBLISHING

易學易記

英語語法

& 標點符號

Grammar & Punctuation

商務印書館

© HarperCollins Publishers Ltd (2009)

© in the Chinese material CPHK (2013)

Collins Easy Learning: Grammar & Punctuation

Editor: Penny Hands

For the publishers: Duncan Black, Lucy Cooper, Elaine Higgleton

Collins 易學易記英語語法 & 標點符號

編　　者：Penny Hands

譯　　者：王　雪　　谷婷婷

責任編輯：王朴真　　劉勇強

封面設計：張　　毅

出　　版：商務印書館 (香港) 有限公司
　　　　　香港筲箕灣耀興道 3 號東滙廣場 8 樓
　　　　　http://www.commercialpress.com.hk

發　　行：香港聯合書刊物流有限公司
　　　　　香港新界大埔汀麗路 36 號中華商務印刷大廈 3 字樓

印　　刷：中華商務彩色印刷有限公司
　　　　　香港新界大埔汀麗路 36 號中華商務印刷大廈 14 字樓

版　　次：2019 年 9 月第 1 版第 3 次印刷
　　　　　©2013 商務印書館 (香港) 有限公司
　　　　　ISBN 978 962 07 1978 3
　　　　　Printed in Hong Kong

Contents 目錄

PREPOSITIONS 介詞

WORD ORDER; DECLARATIVE, INTERROGATIVE AND IMPERATIVE STATEMENTS
詞序、陳述句、疑問句和祈使句

CLAUSES 語句

PUNCTUATION 標點符號

Publisher's note 出版説明

　　〈Collins 易學易記〉系列題材廣泛，內容涵蓋英語學習的重要知識範疇，包括英語拼寫、標點符號、常用詞彙、慣用語、語法用法、實用會話、英語寫作等各方面。

　　英語版 Easy Learning 系列由 HarperCollins 出版，一年內即售出超過兩百萬冊，深受讀者歡迎。中文版〈易學易記〉系列由 HarperCollins 授權商務印書館出版。兩家出版社都有超過一百年的詞典出版歷史，堪稱語言工具書界的權威。

　　系列內各書使用的英語實例全部來自 Collins 語料庫，權威、可靠、實用。Collins 語料庫每月更新，目前規模已達 40 億詞，充分反映現代英語的真實用法。

　　"易學、易記、易明"，文字簡潔，編排清晰，使用方便，是為特點。我們衷心希望，本系列能為初中級英語程度的讀者提供簡易有效的學習方法。

商務印書館（香港）有限公司
編輯出版部

Introduction 前言

　　《Collins 易學易記英語語法 & 標點符號》適合每一位願意學習英語的讀者。無論正在準備考試，或要一本可快速查找英語語法和標點符號的書籍，或想了解英語的規則，本書都以清晰易讀的形式提供了所需資訊。

　　書中首先介紹英語中各種詞類的結構和用法，解釋英語中主要時態，並舉例說明它們在日常英語中的用法。

　　其次，界定種類型的表達法和句子，重點講解疑問句、條件從句和間接引語等語法知識。最後，標點符號使用說明幫助學生了解撇號、大寫字母、句點等的最新用法。

　　Collins 相信展示真實英語的重要性，而這種信念正是我們描述語言時的核心思想。Collins 語料庫擁有 40 億詞，包含了大量最新英語語料，這些語料都源於真實的口語和書面語，如日常會話、正式口語、報紙、小說、網誌等。

　　Collins 語料庫是語法條目的基礎，幫助我們自信而精準地把握當今世界英語語法的規則。本書中的實例都儘量與語料庫保持一致，偶爾稍作改動，使表達清晰，不含無用資訊。

　　此外，我們根據豐富的語言教學經驗，指出學習英語語法時遇到的典型問題，強調常見錯誤並提出避免的方法，例如誤用撇號、過度使用感歎號以及重要詞彙的不當搭配等。

　　我們衷心希望本書成為課堂教學或個人參考的寶貴資源。

Grammar

語法

Parts of speech 詞類

句子 **(sentence)** 由詞 **(word)** 組成,一個句子的用詞可多可少。

> He left us. 他離開了我們。
> The man in the corner lowered his newspaper.
> 牆角那個人放低了報紙。
> Whenever I see Tammy I worry about how I look.
> 無論甚麼時候見到塔米,我都會擔心自己的形象。
> Until tomorrow then. 明天見。
> Yes. 是的。

改變句子的詞序,就會形成新的句子。

> I can help you. 我能幫助你。
> Can I help you? 我能幫你嗎?

語法 (grammar) 是解釋如何組詞造句的。句中的詞由於用法不同,會被分為若干類,稱為**詞類 (parts of speech)**。

所有句子開頭第一個字母必須大寫,末尾以句點、問號或感歎號結束。當我們說到諸如逗號、分號、句點、括號等符號時,我們指的是**標點符號 (punctuation)**。

語句 (clause) 由一定的成分組成,如**動詞 (verb)**、動詞的**主語 (subject)** 以及**賓語 (object)** 等。

> I live in Sussex. 我住在薩塞克斯。
> ...where I live. ……我住的地方。
> Jessica lived in Manchester at first. 潔西嘉最初住在曼徹斯特。
> He was living in Rome that year. 那一年他住在羅馬。
> ...when he had eaten breakfast. 他剛吃完早餐的時候……

一個句子 **(sentence)** 可以包含一個或多個**語句 (clause)**。

I can help you **if you will let me**. 如果你不介意，我可以幫忙。
Whenever you need to talk to someone, just pop in and see
if I'm here. 要是你想找人傾訴，你可以隨時來看我在不在。

許多句子由單一語句構成，這樣的句子叫做**簡單句 (simple sentence)**。

He arrived on Friday. 他週五到達。
My brother loves his skateboard. 我弟弟很喜愛他那塊滑板。

句子一般離不開**動詞 (verb)**。

run 跑   walk 走
think 想   believe 相信

然而，句子不一定總是以簡單句的形式出現。有關語句的更多詳情
見第 262 頁。

Certainly not. 當然不是。
Until tomorrow then. 直到明天。
Yes. 是的。
Why? 為甚麼？

短語 (phrase) 是可以自然搭配在一起的一組詞。

the other day 那天
my friend Henry 我朋友亨利
in spite of 儘管
over the hill 老而不中用的
would have been walking 會一直走

有些詞可用來指一個或多個人或事物，用**單數 (singular)** 和**複數
(plural)** 來區分。一個較為概括的術語就是**數 (number)**。代詞和名
詞有單數形式和複數形式。（見第 202 頁）

在語法上表明説話者或被談及者時，用**第一人稱 (first person)** 指

代説話者，用**第二人稱 (second person)** 指代聽者，用**第三人稱 (third person)** 指代被談及者。人稱代詞也有單複數之分，如第一人稱複數 (first person plural)、第三人稱單數 (third person singular)。

代詞	單數	複數
第一人稱	I	we
第二人稱	you	you
第三人稱	he, she, it	they
名詞	the man a girl	the men two girls

動詞是表示動作或狀態的詞。普通動詞又叫做**主動詞 (main verb)**。

come 來	go 走	think 想
want 需要	economize 節約	believe 相信

主動詞有時又叫做**行為動詞 (doing word)**。有一組特殊的動詞叫做**助動詞 (auxiliary verb)**。助動詞與主動詞連用構成不同的時態。

I am thinking. 我正在思考。

She **has** seen the film already. 她已經看過那部電影。

I **can** help you. 我能幫助你。

We **might** need to. 我們也許需要那麼做。

表示事物或抽象概念的名稱的詞叫做**名詞 (noun)**。名詞有時又叫做**命名詞 (naming word)**。

table 桌子	book 書	ugliness 醜陋
time 時間	animal 動物	thing 東西

如果不想在句中或段落中重複使用同一名詞，可用**代詞 (pronoun)** 替代。代詞就是代替名詞或名詞短語的詞。

Gary saw Sue so **he** asked **her** to help him.

加里看見了蘇，於是他請她幫忙。

Ross was hungry so **he** stopped at a burger bar.

羅斯餓了，所以他走到漢堡店就停了下來。

形容詞 (adjective) 提供了與名詞相關的更多信息，常用於描寫或突出該名詞。形容詞又叫做**描寫詞 (describing word)**。

a man 一個男人	a **tall** man 一個個子高的男人
their TV 他們的電視機	their **new wide-screen** TV 他們的新寬屏電視機
the cat 這隻貓	the **fat black-and-white** cat 這隻肥胖的黑白花貓

限定詞 (determiner) 用於修飾所談及的人、事物或概念。限定詞包括**定冠詞 (definite article)**、**不定冠詞 (indefinite article)** 以及**物主限定詞 (possessive)**。

the cat 這隻貓	**a** man 一個男人
my aunt 我的姨媽	**their** TV 他們的電視機

副詞 (adverb) 用於説明行為發生的方式、時間或地點。

She ran **quickly** down the path. 她沿着小路飛快地奔跑。

The children laughed **hysterically**. 孩子們都笑瘋了。

He lifted the box **carefully**. 他小心翼翼地提起箱子。

某些副詞也可用於形容詞前。

He was a **rather** tall man. 他是一個個子相當高的人。

This cake is **quite** nice. 這塊蛋糕非常好吃。

It was **fairly** good. 這個相當好。

It's a **very** hot day. 這是非常炎熱的一天。

副詞還可用於引出一個句子。許多副詞由形容詞加詞尾 -ly 構成。

Fortunately, the rain stayed away. 可幸的是，雨沒有下成。

Honestly, I can't help it. 老實說，我沒辦法。

介詞 (preposition) 可與名詞或動詞搭配使用，介詞通常用來描述事物的移動方向或所處位置。

on the bridge 在橋上　　　　**over** the rooftops 在屋頂上方

in the morning 清晨　　　　**at** the gates 在大門口

介詞用在名詞之前構成介詞短語，其作用相當於一個副詞。

He is coming **now**.（副詞）他現在就來。

He is coming **in the morning**.（介詞短語）他早晨來。

I found him **there**.（副詞）我發現他在那裏。

I found him **near the gates**.（介詞短語）我發現他在大門旁邊。

連詞 (conjunction) 可將兩個以及兩個以上的名詞或句子連接在一起。連詞有時也叫做**連接詞 (joining word)**。

I went to the shop **and** bought some bread.
我去商店買了一些麵包。

I bought some bread, **but** I forgot to get the milk.
我買了一些麵包，但是忘了買牛奶。

有些詞可以有多種詞性，比如在一個句子中做**名詞**，但在另一個句子中也許做**動詞**。

Jamal scored several **runs**.（名詞）
賈馬爾得了好幾分。

She **runs** half a mile each morning.（動詞）
她每天早上跑半英里。

I've been chosen for the school **play**.（名詞）
我被選上參演校園劇。

Christopher and Angus **play** golf together on Fridays.（動詞）
克里斯托夫和安格斯每週五都一起打高爾夫球。

Parts of the sentence 句子成分

句子包含不同的成分，每個成分都是由一定的詞類來體現的。句子
成分主要包括：

● **主語 (subject)** — 亦可稱為名詞短語（見第 134 頁）或代詞（見
  第 202 頁）。主語在句中通常置於動詞短語之前。

> **The girls** had been swimming. 女孩子們一直在游泳。
> **The new teacher** came in. 新老師走了進來。
> **They** had finished. 他們已經完成了。

● **動詞短語 (verb phrase)** — 由主動詞構成，或由主動詞及其助動
  詞構成。（見第 21-82 頁）

> The girls **had been swimming**. 女孩子們一直在游泳。
> The new teacher **came** in. 新老師走了進來。
> They **had finished**. 他們已經完成了。
> She **uses** her skateboard quite a lot. 她經常使用她那塊滑板。
> Rajiv **was reading** a new novel. 拉吉夫正在看一本新小說。
> She **is riding** someone else's horse. 她正騎着別人的馬。

● **賓語 (object)** — 由名詞短語或代詞構成。

> She used **her old skateboard**. 她用的是她那塊舊滑板。
> Rajiv was reading **a new novel**. 拉吉夫正在看一本新小說。
> Josh found **it**. 喬希找到了它。

並不是所有的動詞都須帶賓語。賓語一般置於動詞之後。有的動詞
可能還會帶**間接賓語 (indirect object)**。（見第 231 頁）

> Hamish gave *me* **a party invitation**.
> 哈米什給了我一個派對邀請函。

Ruth gave *Lauren* a nice bunch of flowers.

魯思送了一束漂亮的花給勞倫。

● 狀語 (adverbial) 或附加語 (adjunct) —— 在句子中可有可無，屬於句子的附加成分。

它們可能是：

— 一個單詞，如副詞 (adverb)。

Suddenly, it started to rain **heavily**. 突然間，開始下起了大雨。

— 副詞短語 (adverbial phrase)，具有副詞功能的一組詞。

In the morning, the sky was clear. 早晨，天空十分晴朗。

You probably won't notice it **after a while**.

過一會，你可能不會注意到它。

— 一個狀語從句 (adverbial clause)，即含有動詞的一組詞，具有副詞功能。

I'll get some biscuits for you **when I've poured the drinks**.

我倒完飲料後就去給你拿一些餅乾。

When I've poured the drinks, I'll get some biscuits for you.

我倒完飲料後就去給你拿一些餅乾。

Mark played **while Isabel sang**. 伊莎貝爾唱歌時，馬克在伴奏。

儘管某些狀語有其固定位置，大多數狀語可放在句子的不同位置。狀語的數量取決於句子意義的需要。

In the winter, the roads get very slippery.

冬天，道路變得非常滑。

The roads get very slippery **in the winter**.

冬天，道路變得非常滑。

● 補語 **(complement)** — 與某類動詞如 be, seem 連用時處於賓語
的位置。補語可以是形容詞或名詞短語,用來描述或說明主語。
(見第 233 頁)

He became **a doctor** in 2005. 2005 年他成為一名醫生。

Andrew is **a motor-mechanic**. 安德魯是一名汽車修理工。

He felt **a bit silly** when he realized what he'd done.
當他認識到自己所做的事情後,感覺自己有點傻。

They became **good friends** despite the mistake.
儘管犯了錯,他們還是成了好朋友。

Direct and indirect objects 直接賓語和間接賓語

句子如果有**賓語 (object)** 的話，通常出現在動詞短語之後。賓語的有無取決於動詞的意思。比如，如果你想談論某人正在做甚麼，你可能會說 She is writing。但如果你想強調具體活動的話，你可能就會說 She is writing **a book**。

> She was riding. 她正在騎馬。
>
> She was riding **her horse**. 她正騎着她自己的馬。
>
> Erica was writing. 艾麗卡正在寫字。
>
> Erica was writing **a letter**. 艾麗卡正在寫信。

跟在動詞之後的賓語有直接賓語和間接賓語之分。指物的叫做**直接賓語 (direct object)**。

> Rory found **a pen**. 羅里找到一支鋼筆。
>
> Our cat doesn't like **milk**. 我們的貓不喜歡牛奶。

指人的叫做**間接賓語 (indirect object)**。間接賓語表明某事是為誰而做的。有些動詞要求帶間接賓語，如動詞 give, find, owe。以 give 為例，我們既要指出給的是甚麼，也要指明把甚麼給誰。

> Mike owes *Tom* **five pounds**. 邁克欠湯姆五英鎊。
>
> Rob gave *me* **a box of chocolates**. 羅拔給了我一盒朱古力。
>
> Susan bought *her rabbit* **some more food**.
> 蘇珊為她的兔子買多了一些食物。

有些動詞必須帶直接賓語，有些動詞則從來不帶。有些動詞有時帶直接賓語，有時可以不帶，這取決於想要表達的意思。必須帶賓語的動詞叫做**及物動詞 (transitive verb)**。

Rowan bought **a magazine**. 羅恩買了一本雜誌。

I don't like **rap music**. 我不喜歡説唱音樂。

不帶賓語的動詞叫做**不及物動詞 (intransitive verb)**。

Lynn fainted. 琳恩昏過去了。

Patrick screamed. 派翠克尖叫起來。

Soon, everyone was shouting. 不久，大家都大聲叫喊起來。

有些動詞有可能既是**及物動詞**又是**不及物動詞**。

Ann was reading (a letter). 安正在讀（一封信）。

Kim was drawing (a picture). 金正在畫（一幅畫）。

既帶間接賓語又帶直接賓語的動詞叫做**雙賓語動詞 (ditransitive verb)**。

Amy owes *Mark* **ten pounds**. 艾米欠馬克十英鎊。

Stephen gave *me* **some flowers**. 史提芬送了一些花給我。

Katie bought *her hamster* **a new cage**.
凱蒂為她的倉鼠買了一個新籠子。

為了使動詞的含義明確，有些動詞後面須帶直接賓語。所以，我們常説直接賓語可以**補足 (complement)** 動詞含義。

● 有些動詞除了須帶直接賓語還須帶狀語，比如地點狀語。

He placed *the parcel* **on the chair**. 他將包裹放到椅子上。

She put *the umbrella* **in a corner**. 她把雨傘放到角落裏。

Verbs 動詞

動詞是表示動作、過程、狀態或心理活動的詞。

> This basket **holds** quite a lot. 這個籃子能裝好多東西。
>
> John **was reading** Katherine's essay. 約翰正在讀凱瑟琳的文章。
>
> Fiona **is preparing** a talk for next week's class.
> 菲奧娜正在準備下週課堂的講稿。
>
> Helen **feels** much happier now. 海倫現在感到開心多了。
>
> I **forgot** that it **was** your birthday. 我忘了那天是你的生日。
>
> Paul **owned** several old motorbikes. 保羅有好幾輛舊摩托車。

動詞根據用法可分兩大類：**主動詞 (main verb)** 和**助動詞 (auxiliary verb)**。大多數動詞屬於主動詞，其餘為助動詞。

Verb phrase 動詞短語

動詞短語可以是一個單詞，也可以是一組相關的詞。

> he **walks** 他步行
>
> he **is walking** 他正走在路上
>
> he **had walked** 他已經走過了
>
> he **can walk** 他能走路
>
> he **has been walking** 他一直在走路
>
> he **might have been walking** 他可能會一直走下去

如果動詞短語僅由一個動詞構成，叫做**簡單動詞 (simple verb)**。如果動詞短語由主動詞與助動詞構成，則叫做**複合動詞 (compound verb)**。

▸ 每當我們提到任何與動詞有關的事，我們指的是**動詞短語**。

Main verbs 主動詞

主動詞是表示動作和狀態的詞。英語中大多數動詞都是主動詞，也叫做**實義動詞 (lexical verb)**。主動詞可分為以下幾類：

— 表示**狀態 (state)** 的動詞。

> I **can** really **taste** the herbs in this omelette.
> 我確實可以嚐到這個奄列裏香草的味道。
> This scarf **belongs** to me. 這條圍巾屬於我。
> He **hates** losing. 他痛恨失敗。
> She always **liked** boats and sailing. 她一直喜歡划船和航海。
> I already **feel** that I **have known** you for ages.
> 我就覺得我認識你好久了。

— 表示**動作 (action)** 的動詞。

> Three boys **were kicking** a ball around in the field.
> 三個男孩正在操場上踢球。
> We **were running** across the football field.
> 我們正跑步穿過足球場。
> For six hours, Stuart **drove** across open desert.
> 斯圖爾特用了六個小時驅車穿越空曠的沙漠。

— **規則 (regular)** 和**不規則 (irregular)** 動詞（根據拼寫形式）。

> 規則動詞：talk, talks, talking, talked
> 不規則動詞：swim, swims, swimming, swam, swum
> 不規則動詞：go, goes, going, went, gone

— **及物 (transitive)** 和**不及物 (intransitive)** 動詞（根據是否帶賓語，見第 77-78 頁）。

I **can read.** 我識字。

We both **read the same newspaper.** 我們看的是同一份報紙。

Don't tell *me*. 別告訴我。

We both **ran** away. 我們都逃走了。

Sue **found** *a bracelet*. 蘇發現了一個手鐲。

I **saw** *my best friend* on Friday. 我週五見到了我最好的朋友。

Auxiliary verbs 助動詞

助動詞和主動詞連用可以表達各種時態、語態、語氣或情態等。助動詞也可分為好幾類。通常**基本助動詞 (primary auxiliary)** 用於表示時間；**情態助動詞 (modal auxiliary)** 用於表示說話者的語氣（見第 28-70 頁）。

Tense 時態

動詞表示動作或狀態。動詞的**時態 (tense)** 可以表示動作或狀態發生的時間。

所有的主動詞都有兩種一般 **(simple)** 時態，即**一般現在時 (present simple)** 和**一般過去時 (past simple)**。

一般現在時	一般過去時
I walk	I walked
she sings	she sang
they come	they came
you bring	you brought

動詞在一般時態下獨立使用，不需任何助動詞。

英語動詞還有**複合 (compound)** 時態形式，這就要用到助動詞 **be** 和 **have**。有關時態的更多信息見第 83 頁。

Aspect 體

動詞的複合時態包含兩種**體**：**進行體**和**完成體**（即我們通常用的進行時和完成時）。

▸ "**體**" **(aspect)** 用來描述正在進行的動作和已經完成的動作或狀態。一般時態沒有"體"。

正在進行的動作	
I am walking	I was walking
she is singing	she was singing
they are coming	they were coming
you are bringing	you were bringing

已經完成的動作	
I have walked	I had walked
she has sung	she had sung
they have come	they had come
you have brought	you had brought

當我們要表示以下情況時，會用到複合動詞：

- 表示正在進行或發生的動作，用 **be** 的一種形式 ＋ 現在分詞 **-ing**。這種形式叫做**進行體 (continuous aspect)**。

    I **am** still **studying** French. 我仍在學習法語。

    He **was living** in London all that year.

    那一年全年他都住在倫敦。

    James **is helping out** with the children this week.

    詹士這週一直在幫助孩子們做事。

    Sara and Scott **were looking** for a new flat at the time.

    當時莎拉和斯高正在找新公寓。

- 表示發生過或完成了的動作，用 **have** 的一種形式 ＋ 過去分詞 **-ed**。這種形式叫做**完成體 (perfect aspect)**。

    I **have been** a teacher for four years. 我已經當了四年的老師。

    He **had lived** in London for a year before coming to Sussex.

    來薩塞克斯之前，他在倫敦已經住了一年。

James **has helped out** before. 詹士以前幫過大忙。

Sara and Scott **had found** their flat by then.

那時候莎拉和斯高已經找到了他們的公寓。

動詞的進行時和完成時可以在同一動詞短語中連用，表示一個既持續又完成的動作。有關時態和體的更多信息見第 85-86 頁。

I **have been studying** French for four years.

我已經學了四年的法語。

I **had been living** in London for four years when I met him.

我見到他的時候我已經在倫敦住了四年。

James **has been helping** us this week.

這週詹士一直在幫助我們。

Simple tenses 一般時態

一般時態表示經常發生的動作或存在的狀態。

It **tastes** good. 味道好極了。

Julie **keeps** a diary. 朱莉堅持寫日記。

Adrian **went** home at midnight. 艾德里安半夜才回家。

She **heard** a strange noise in the night.

夜裏她聽到了奇怪的聲響。

Rob usually **walks** to school. 羅拔經常步行上學。

Yesterday he **went** by car. 昨天他開車出去。

規則動詞的**一般現在時 (present simple)** 和**一般過去時 (past simple)** 是在**動詞原形 (the base form of the verb)** 的基礎上構成的。（見第 92-95 頁）

Continuous tenses 進行時態

進行時態表示正在進行或持續的動作。

> It **is raining** hard this morning.
> 今天早上在下大雨。
> It **was raining** when we came out of school yesterday.
> 昨天我們從學校出來的時候,天正在下雨。
> I'm **having** dinner. Can I call you back?
> 我正在吃晚飯,過一會再給你回電話好嗎?
> He **was listening** to the radio when he heard the news.
> 他在聽廣播的時候,聽到了這則消息。

現在進行時 (present continuous) 和過去進行時 (past continuous),由動詞 **be** 的現在式或過去式 + 主動詞的現在分詞構成。(見第96-99頁)

Perfect tenses 完成時態

現在完成時 (present perfect) 表示已經完成了的動作,但這一動作產生的影響或後果現在依然存在。

> Ken **has walked** all the way from the station. (...and he's tired.)
> 肯是從車站一路步行走來的。(……他累了。)
> He **has** never **visited** me. (...and I'm feeling neglected.)
> 他從沒來看過我。(……我感覺被忽視了。)
> She **has missed** the train. (That's why she's not here.)
> 她錯過了那班次的火車。(這就是為甚麼她不在這裏。)

過去完成時 (past perfect) 表示在過去某一時間或動作以前已經完成了的動作。

He told us that he **had tried** it before.

他告訴我們他以前試過了。

I **had** never **been** climbing before our activity holiday last year.

去年假期活動之前,我從未登過山。

She was late because she **had missed** her train.

由於趕不上火車,她遲到了。

現在完成時和**過去完成時**是由動詞 **have** 的現在式或過去式 ＋ 主動詞的**過去分詞**構成。(見第 100-103 頁)

Perfect continuous tenses 完成進行時態

完成進行時態既表示動作的持續,又表示動作完成,以及其後果或影響。

I **have been working** hard in the garden all day.

我整天都在園子裏辛苦做事。

My mother **has been helping** me.

我母親一直在幫我。

My sisters **have been riding** all day.

我的姐妹們整天都在騎車。

I **had been working** in Italy that summer.

那年夏天我一直在意大利工作。

Some of us **had been waiting** for two hours when the doctor appeared.

那個醫生出現的時候,我們當中的一些人已經等了兩個小時。

現在完成進行時 (present perfect continuous) 和**過去完成進行時 (past perfect continuous)** 是由動詞 **have** 的現在式或過去式 ＋ be 的**過去分詞** ＋ 主動詞的**現在分詞**構成。(見第 104 頁)

Other verb forms 其他動詞形式

動詞其他組合形式，可用來表示肯定、否定、可能性以及時間跨度等。

> **Do** you **like** espresso coffee? 你喜歡喝意大利咖啡嗎？
>
> I **don't like** fried food. 我不喜歡油炸食品。
>
> **Could** I **have** a coke, please? 我能來杯可樂嗎？
>
> You **will be** in Edinburgh within two hours.
> 你將在兩小時內抵達愛丁堡。
>
> They **will** probably **meet** us at the station.
> 他們可能會去車站接我們。

Types of main verbs 主動詞的類型

Verbs of action 行為動詞

大多數動詞主要描述某種動作，如 walking、running、reading 等。

> John **is running** for the train. 約翰正跑着去趕火車。
>
> Sophie **has** just **bought** a new camera.
> 蘇菲剛買了一部新照相機。
>
> She **is putting on** an exhibition of her photographs.
> 她正在舉辦個人攝影展。
>
> Robbie **has seen** the film already. 羅比已經看過那部電影。

需要用動詞來描述一個新的活動時，可以創造一個新詞，或改用其他詞類作動詞。

> You can use your phone to **access** the internet.
> 你可以用手機上網。

▸ 動作動詞可用於各種不同的時態。

Verbs of state 狀態動詞

有些動詞可以表示存在的狀態或心理活動。

這類動詞包括：

– 與感官相關的動詞，如 feel, hear, see, smell, taste
– 與情感相關的動詞，如 adore, fear, hate, like, love, want, wish
– 與思想活動相關的動詞，如 agree, believe, expect, forget, mean
– 與所屬相關的動詞，如 belong, own, possess

> I **feel** unhappy. 我感到不開心。

I **hate** arguments. 我討厭爭吵。

These flowers **smell** gorgeous. 這些花聞起來很香。

Rob **wishes** he **had**n't **agreed** to the plan.
羅拔真希望他當時沒有同意那個計劃。

We **mean** you no harm. 我們對你並無惡意。

That car **belonged** to us once. 那部車曾經是屬於我們的。

▶ 狀態動詞通常不用於進行時。如果用於進行時，其詞義將隨之發生變化。

I**'m** just **feeling** to see if the bone is broken.
我只是想看看是否骨折了。

We **were tasting** some interesting New Zealand wines.
我們正在品嚐一些獨特的新西蘭葡萄酒。

Naomi **is expecting** a baby.
娜奧米懷孕了。

動詞 **be** 既可以用作狀態動詞，也可以用作動作動詞，這取決於其後的補語。

正確用法：Mark **is being** silly.（馬克在做傻事。）

錯誤用法：Mark is being tall.

正確用法：Oscar **is being** nasty.（奧斯卡在發火。）

錯誤用法：Oscar is being intelligent.

對於動詞 **seem**，可做其補語的形容詞是有限的。

正確用法：Simon seems **happy**.（西門似乎很高興。）

錯誤用法：Simon seems tall.

The forms of main verbs 主動詞的形式

英語動詞有五種不同的形式：

1 動詞原形，如   **pull**
2 第三人稱單數（一般現在式），如   **pulls**
3 一般過去式，如   **pulled**
4 過去分詞，如   **pulled**
5 現在分詞，如   **pulling**

▶ 規則動詞的變化只需在**動詞原形（base form）**（形式 1）的基礎上稍作改變即可，可以在詞典裏查到規則動詞的變化形式。大部分動詞是規則動詞。

▶ 不規則動詞（見第 25 頁）具有不同的形式（尤其是下面的形式 3 和形式 4）。

形式 1：**一般現在式**（除第三人稱單數）的動詞形式與**動詞原形**完全相同。

形式 2：**一般現在式**以第三人稱單數做主語時，其動詞形式由**動詞原形** ＋ 詞尾 **-s** 構成。

形式 3：**一般過去式**由**動詞原形** ＋ 詞尾 **-ed** 構成。

形式 4：**過去分詞**由**動詞原形** ＋ 詞尾 **-ed** 構成。

形式 5：**現在分詞**由**動詞原形** ＋ 詞尾 **-ing** 構成。

動詞不定式 (to infinitive) 是動詞原形的一種特殊形式。**to** ＋ 動詞原形的用法也很廣。

動詞原形有時叫做 "不帶 to 的動詞不定式"。

如上所述，第三人稱單數形式由**動詞原形** + 詞尾 **-s** 構成。但下列情況除外：

以 **-o**、**-ch**、**-sh**、**-ss**、**-x**、**-z** 或 **-zz** 結尾的動詞，其第三人稱單數形式由動詞原形 + 詞尾 **-es** 構成。

torpedo 破壞	he torpedo**es**
catch 捕獲	he catch**es**
focus 聚焦	he focus**es**
push 推	he push**es**
miss 錯過	he miss**es**
box 擊打	he box**es**
buzz 作嗡嗡聲	it buzz**es**

以輔音字母加 **-y** 結尾的動詞，將 **y** 變成 **i**，然後加 **-es**。

carry 攜帶	he carr**ies**
fly 飛越	he fl**ies**
worry 擔心	he worr**ies**

如上所述，現在分詞由**動詞原形**加 **-ing** 構成。但也有例外。凡是最後一個字母是輔音且前面有一個短元音的動詞，要雙寫詞尾的輔音字母再加 **-ing**。

sob 哭泣	sobbing
bid 投標	bidding
flog 鞭笞	flogging
run 跑	running
stop 停止	stopping
get 獲得	getting
put 放	putting

Irregular verbs 不規則動詞

不規則動詞的一般過去式和過去分詞不是由動詞原形加 **-ed** 構成的。

The three main groups irregular verbs 三大類不規則動詞

在 A 類中，動詞原形、一般過去式和過去分詞形式相同：

1 動詞原形，如	**put**
2 一般現在式（第三人稱單數形式），如	puts
3 一般過去式，如	**put**
4 現在分詞，如	putting
5 過去分詞，如	**put**

A bet 賭   cut 切   let 允許   set 調整   spread 展開
burst 爆發   hit 打   put 放   shed 流出   thrust 插入
cast 投   hurt 傷害   shut 關閉   split 分裂   upset 顛覆

在 B 類中，動詞的一般過去式和過去分詞形式相同：

1 動詞原形，如	**buy**
2 一般現在式（第三人稱單數形式），如	buys
3 一般過去式，如	**bought**
4 現在分詞，如	buying
5 過去分詞，如	**bought**

B1

原形	過去形式	原形	過去形式
bend	bent	hang	hung
bind	bound	have	had
bleed	bled	hear	heard
bring	brought	keep	kept
build	built	kneel	knelt
buy	bought	lay	laid
catch	caught	make	made
find	found	say	said

不規則動詞中有些動詞的過去分詞兼有不同的拼寫形式。

B2 過去式可以是 **a** 或 **b**：

原形	過去形式		原形	過去形式	
burn	burnt	burned	smell	smelt	smelled
dream	dreamt	dreamed	spell	spelt	spelled
lean	leant	leaned	spill	spilt	spilled
learn	learnt	learned	spoil	spoilt	spoiled

在 C 類中，動詞原形、一般過去式和過去分詞形式均不同：

1 動詞原形，如	**go**
2 一般現在式（第三人稱單數形式），如	goes
3 一般過去式，如	**went**
4 現在分詞，如	going
5 過去分詞，如	**gone**

C

原形	過去形式		原形	過去形式	
arise	arose	arisen	ring	rang	rung
awake	awoke	awoken	rise	rose	risen
bear	bore	borne	saw	sawed	sawn
begin	began	begun	see	saw	seen
bite	bit	bitten	shake	shook	shaken
blow	blew	blown	show	showed	shown
break	broke	broken	shrink	shrank	shrunk
fly	flew	flown	strive	strove	striven
give	gave	given	take	took	taken
know	knew	known	throw	threw	thrown
ride	rode	ridden	write	wrote	written

Auxiliary verbs　助動詞

助動詞通常與主動詞連用，表示動作的時間和連續性。

▸ **be** 和 **have** 是基本助動詞 **(primary auxiliary)**。基本助動詞用於構成複合時態。

▸ **be** 可用於構成現在進行時和過去進行時。

> I **am working**. 我正在工作。
> Rob **is using** the computer. 羅拔正在用電腦。
> We **were** all **wondering** about that. 我們都很想弄明白那件事。
> Kevin **was teaching** in America in 1985.
> 1985 年凱文在美國教書。

be 還可用於被動語態。（關於 be 的用法見第 34 頁）

> These books **are sold** in supermarkets. 這些書在超市銷售。
> Martin **was arrested** and held overnight.
> 馬丁被逮捕並被拘留了一夜。

▸ **have** 可用於構成現在完成時和過去完成時。（關於 have 的用法見第 38 頁）

> Stephen **has finished** fixing the car. 史提芬已經修理好車子。
> George and Alice **have seen** the show already.
> 喬治和愛麗斯已經看過那場演出。
> Amanda **had** already **eaten** when we arrived.
> 我們到的時候阿曼達已經吃過了。
> They **had** not **expected** to see us there.
> 他們沒有想到在那裏能見到我們。

▸ **do** 是**輔助助動詞 (supporting auxiliary)**。可用於構成否定句，疑問句以及加強陳述句的語氣。(關於 **do** 的用法見第 43 頁，有關簡單動詞和複合動詞見第 85-91 頁)

> I **do** not **like** sausages at all.
> 我一點都不喜歡吃香腸。
> **Do** you **like** prawns?
> 你喜歡吃對蝦嗎?
> You **do like** prawns, don't you?
> 你的確很喜歡吃對蝦，是不是?

▸ **will, may, might** 以及其他列舉在第 47-49 頁的動詞是**情態助動詞 (modal auxiliary verb)**，它們通常被簡稱為**情態動詞 (modal verb)**。情態動詞可以表示有關可能、懷疑、必要等行為。

> Charlie **will go** home on Friday. 查理將要週五回家。
> Charlie **may go** home on Friday. 查理也許週五回家。
> Charlie **could go** home on Friday. 查理可能週五回家。
> Charlie **must go** home on Friday. 查理必須週五回家。

幾個不同的助動詞可在動詞短語中組合使用。比如，動詞短語可由**情態助動詞 + have + be + 主動詞**構成。

> I **could have been making** a bad mistake by trusting him.
> 如果相信了他，我可能就犯了一個大錯。
> Sara **will have been living** in New Zealand for 2 years next month.
> 到下個月莎拉就在新西蘭住了兩年。
> You **must have been given** the wrong number.
> 肯定有人將錯號碼給了你。

一個以上的助動詞連用時，第一個助動詞通常有以下語法功能:

– 表示**時態**，並且是動詞短語的**限定詞**。

> I **have** seen it. 我看過它了。
>
> She **had** seen it. 她早就看過它了。
>
> She **has** been thinking. 她一直在思考。
>
> She **had** been thinking. 她曾一直在思考。

– 體現與主語在**人稱**和**數**上的一致。

> **She has** seen it. 她看過它了。
>
> **They have** seen it. 他們看到它了。
>
> **I am** looking for it. 我正在找它。
>
> **You are** looking for it. 你正在找它。

– 在它之後加**否定詞**表示否定。

> I **do not** want to do that. 我不想做那事。
>
> She **has not** been concentrating. 她沒集中注意力。

– 用在主語前表示**提問**。

> **Do you** want to help us? 你想幫助我們嗎？
>
> **Have you** got a mobile phone? 你有手機嗎？

Contracted forms 助動詞的縮略式

助動詞的縮略式很常用。就助動詞 **be** 和 **have** 來說，其縮略式和主語連寫可構成一個獨立的形式，例如：I'm, I've, we'd, Sue's (Sue has or Sue is) 等。

> **We're** back!
>
> (**We are** back!) 我們回來了！
>
> **I've** found it
>
> (**I have** found it.) 我找到它了。

They'd gone when I got there.

(**They had** gone when I got there.)

我到達那裏時，他們已經走了。

Tom's here.

(**Tom is** here.) 湯在這裏。

除助動詞 **am** 外，助動詞否定縮略式通常由**助動詞 ＋ n't** 構成，如 **hasn't, wouldn't, don't** 等。

She **isn't** (is not) trying. 她沒有盡力。

We **don't** (do not) live here. 我們不住這裏。

He **hasn't** (has not) seen it. 他沒有看見它。

I **can't** (cannot) come. 我不能來。

在標準的英式英語中，**am not** 在問句中的縮略式為 **aren't I**。

Aren't I going to need some matches?

我不需要一些火柴嗎？

I'm getting a lift with you, **aren't I**?

我搭你便車，不是嗎？

● 縮略式不如完整形式正式，因此縮略式在口語中更常用。完整形式通常用於正式的書面語中。

助動詞可用於反意疑問句中。（關於句末附加語見第 245 頁）。

You had only just bought that carpet when the kitchen flooded, **hadn't you**? 你剛買了地毯，廚房就被水淹了，是不是？

It's Katie's birthday on Saturday, **isn't it**?

週六是凱蒂的生日，是不是？

You are joking, **aren't you**?

你在開玩笑，不是嗎？

助動詞也可用來代替動詞短語,以避免重複:

– 肯定句中採用肯定替代,與 **so** 或 **too** 連用。

> I went to the park and Lucy **did too**.
> 我去了公園,露茜也去了。
> I loved the film, and **so did** Finlay.
> 我喜歡那部電影,芬利也喜歡。

– 否定句中採用否定替代,與 **neither** 或 **nor** 連用。

> My dad never eats mussels and **neither do** I.
> 我父親從不吃青口,我也不吃。
> I don't want to speak to William now. 我現在不想和威廉講話。
> — **Nor do** I. 我也不想和他講話。
> I can't understand it. 我不明白。
> — **Neither can** I. 我也不明白。

● 助動詞用於肯定句中可以表示強調。助動詞表示強調時,不能用縮略式。

> You **have** made a mess! 你搞成一團糟!
> That **was** a nice surprise! 真是個意外驚喜!
> I **am** proud of Katie. She's so clever.
> 我為凱蒂感到驕傲。她太聰明了。

在一般現在時和一般過去時中,do 的不同形式可表示強調。

> I *do like* Penny. 我確實喜歡彭妮。
> So do I. 我也一樣。
> We *did have* a lovely time. 我們的確過得很愉快。

助動詞可用於縮略回答問題。答語中的助動詞要與疑問句中的助動詞保持一致。這樣可以避免重複問句中的主動詞。縮略答語在口語中十分普遍。

> **Do** you like avocados? Yes, I **do**. or No, I **don't**.
> 你喜歡吃牛油果嗎？是的，我喜歡。或：不，我不喜歡。
> **Have** you read anything by Michael Morpurgo? – Yes, I **have**.
> 你讀過米高 · 莫爾普戈的書嗎？—是的，我讀過。

Be 助動詞

be 既可用作助動詞，也可用作主動詞。(見第 21 頁)

be 是不規則動詞，有八種形式：**be, am, is, are, was, were, being, been**。**be** 的一般現在時和一般過去時要比其他動詞的變化更多。

I **am** late.	We **are** late.
You **are** late.	You **are** late.
He **is** late.	They **are** late.
I **was** late.	We **were** late.
You **were** late.	You **were** late.
She **was** late.	They **were** late.

－ be 的現在分詞是 **being**。

He is **being** very helpful these days. 這些日子他幫了大忙。

－ be 的過去分詞是 **been**。

We have **been** ready for an hour. 一小時前我們就做好準備了。

● 在口語中，**be** 的一般現在時通常用縮略式。需要注意的是，**they are** 的縮寫形式應為 **they're**, 而不是 **their**。

I'm here.	**We're** here.
You're here.	**You're** here.
He's here.	**They're** here.

在 **be** 的任何形式後加 **not** 表示否定。在口語中，**be** 的某些形式有縮略否定式，有的縮略否定式還具有強調否定含義的作用。

	強調否定
I**'m not** late.	
You **aren't** late.	You**'re not** late.
He **isn't** late.	He**'s not** late.
We **aren't** late.	We**'re not** late.
They **aren't** late.	They**'re not** late.
I **wasn't** late.	
You **weren't** late.	
He **wasn't** late.	
We **weren't** late.	
They **weren't** late.	

作為助動詞，**be** 的主要作用是構成進行時態和被動語態。

● 主動詞的**進行時態**由 **be** 的適當形式（現在式或過去式）＋ 動詞的現在分詞 **-ing** 構成。（見第 96 頁和第 104 頁）

● 主動詞的**被動語態**由 **be** 的適當形式 ＋ 動詞的過去分詞構成。（見第 117 頁）

be 也做主動詞用，常用於連接主語和主語的補語。

作為主動詞，**be** 可表示：

● 情感或狀態。這種情況下，用 **be** 的一般時 ＋ 形容詞。（見第 85 頁）

I **am delighted** with the news but he **is not happy**.
聽到這個消息我欣喜若狂，但是他並不高興。
She **was busy** so she **was not able** to see me.
她很忙，所以沒能來看我。

● 人們的行為。在這種情況下，用 **be** 的進行時 ＋ 形容詞。（見第 94 頁）

I **am not being** slow, I **am being** careful.
我不是做得慢，而是格外小心謹慎。

You **were being** very rude to your mum when I came
downstairs. 我下樓時看見你對媽媽很無禮。

● **be** + 帶 **to** 的動詞不定式，可用於表示將來的計劃或安排。這是
非常正式的用法，通常用於新聞報導中。(見第 128-133 頁)

The Prime Minister **is to visit** Hungary in October.
首相將於十月到訪匈牙利。

The Archbishop **is to have** talks with the Pope next month.
大主教下個月將與羅馬教皇進行會談。

● **it** + **be** 用於描述時間、距離、天氣或花費時，**it** 在句中做主語，
此時 **be** 始終是單數形式。

Hurry up, **it's eight thirty**! 快點！八點半了！

Is it? I didn't know **it was so late**.
是嗎？我不知道這麼晚了。

It's thirty miles to Glasgow. 這裏距離格拉斯哥三十英里。

Come and visit us. **It's not very far**.
來我們這裏作客吧，離這裏不遠。

It's cold today but **it isn't wet**. 今天天氣很冷，但不潮濕。

It's very expensive to live in London.
在倫敦居住，生活成本很高。

● **There** + **is/are** 用於表示某事物的存在。在這種情況下，**be**
可用單數也可用複數形式，這要取決於名詞是單數還是複數
(number)。有時可用 **be** 的縮略式。

There's a spare toothbrush in the cupboard.

櫥櫃裏有支備用的牙刷。

There was a cold wind blowing. 寒風在呼嘯。

There isn't enough petrol for the journey.

汽油不夠這次旅程使用。

There are several petrol stations on the way, **aren't there**?

路上有好幾個加油站，不是嗎？

要表示主動詞 **be** 的進行時態，必須用 **be** 兩次。一次是作為助動詞，另一次是作為主動詞。

You **are being** so annoying! 你真討厭！

I know I **am being** silly, but I am frightened.

我知道我表現得很傻，但我給嚇死了。

要構成帶動詞 **be** 的疑問句，只需將 **be** 的適當形式置於主語前。

Are you better now? 你現在好些了嗎？

Is he free this morning? 他今早有空嗎？

Was he cooking dinner when you arrived?

你到的時候，他正在做晚飯嗎？

Have 助動詞

have 可用作助動詞。

> She **has** run a lovely, deep, bubble bath.
> 她洗了一個舒服的泡泡浴。
> Katie **had** read about the concert in the newspaper.
> 凱蒂已經在報章上看到了關於音樂會的消息。

have 還可用作主動詞。(見第 16-17 頁)

> She is **having** a bath at the moment. 她此刻正在洗澡。
> The driver has **had** his breakfast, so we can go.
> 司機已經吃過早餐,所以我們可以出發了。

have 的主要形式有 **have, has, having, had**;其中 **have** 是動詞原形;**having** 是現在分詞;**had** 是過去式和過去分詞。

● 在口語中,尤其當 **have** 用作助動詞時,其現在式和過去式通常採用縮略式。

have 的縮略式:

> have = **'ve**　　I**'ve** seen the Queen. 我見過王后了。
> has = **'s**　　He**'s** gone on holiday. 他去度假了。
> 　　　　　　Ian**'s** behaved badly. 伊恩表現不好。
> had = **'d**　　You**'d** better go home. 你最好回家。
> 　　　　　　Ian**'d** left them behind. 伊恩將他們拋離於後。

－ **have** 可縮寫為 **'ve**,跟在其他助動詞之後,發音聽起來更像 of。
> She **would've** given you something to eat.
> 她本來會給你一些吃的。

You **could've** stayed the night with us.

你本可以在我們這裏過夜。

If he'd asked, I **might've** lent him my car.

如果他問我，我可能會將自己的車借給他。

注意：兩者發音相似，聽寫時要避免錯誤將 've 拼寫成 of。

have 作為**助動詞**，用於構成主動詞的**完成時態**。

主動詞的**完成時態**由 **have** 的適當形式（現在式或過去式）＋ 過去分詞構成。(見第 100-107 頁)

I **have read** some really good books over the holidays.

假期裏我看了一些真正的好書。

I **had seen** the film before.

我以前看過那部電影。

含 **have** 的複合動詞否定句，由 **have** 的適當形式 ＋ **not** 或其他否定詞構成。在口語中，**have** 的某些形式可用縮略否定式。

I **have never seen** such luxury.

我從沒見過如此的奢華。

Rachel **had not been** abroad before.

雷切爾以前從未出過國。

She **had hardly had** time to eat when Paul arrived.

她剛有空吃飯，保羅就到了。

● 強調否定意義的現在式和過去式的形式：

I/we/you/they**'ve not**   he/she/it**'s not**

I/we/you/he/she/it /they**'d not**

She**'s not** told me about it yet. 關於此事她還沒有告知我。

We**'ve not** been here before. 我們以前沒來過這裏。

They**'d not** seen him for weeks. 他們已經好幾週沒有見過他了。

● 不強調否定意義的現在式和過去式的形式：

I/we/you/they **haven't**   he/she/it **hasn't**

I/we/you/he/she/it /they **hadn't**

He **hasn't** found anywhere to stay this holiday.

他還沒有找到度假的地方。

We **haven't** been here before. 我們以前沒來過這裏。

They **hadn't** looked very hard, in my opinion.

依我的意見，他們沒有仔細看。

作為**主動詞**，**have** 用來表示：

● 狀態或情況，比如所屬關係。

– 在這種用法下，**have** 不能用於進行時。**have** 可單獨使用，後接 **not** 構成否定句。將 **have** 前置可構成疑問句。

I **have** something for you. 我有東西送給你。

We **haven't** anything for you today. 我們今天沒有東西給你。

Have you no sense of shame? 你沒有羞恥感嗎？

The driver **has had** his breakfast, so we can go.

司機已經吃完早餐，所以我們可以出發了。

We **had** a good time. 我們玩得很開心。

have 常與 **do** 的各種形式連用構成否定句或疑問句。

Do you **have** a pen? 你有鋼筆嗎？

Does she **have** my umbrella? 她拿我的雨傘了嗎？

She **doesn't have** any brothers or sisters. 她沒有兄弟姐妹。

Do you **have** time to see me now? 你現在有時間來看我嗎?

● **have got** 是 **have** 作為主動詞用法中的一種非正式表達方式,常用於口語中,尤其是英式英語。

I **haven't got** any brothers or sisters. 我沒有兄弟姐妹。
Has she **got** my umbrella? 她拿了我的雨傘了嗎?
Yes, she has. 是的,她拿了。
She **hasn't got** any money. 她一點錢都沒有了。

● **have** 還可表示活動,如吃飯、休閒等。

當 **have** 在句中表示此類含義時,其否定句和疑問句須用助動詞 **do** 的適當形式。

He **was having** a shower when I phoned.
我打電話的時候他正在洗澡。
I'm **having** lunch at twelve o'clock. 十二點時我正在吃午飯。
Come and **have** a sandwich with me.
過來和我一起吃三文治吧。
No thanks. I **don't** usually **have** lunch.
不用了,謝謝,我通常不吃午飯。

He's **having** a day off. 他休息一天。
Did you **have** a good holiday? 你假期過得好嗎?

注意 **have** 的縮略式不能表達此類意思。

have got 也不能用於表達此類意思。

● **have to** 或 **have got to** 可以表示義務。

I**'ve got to** go now, I'm afraid. 恐怕我現在必須要走了。
Do you **have to** leave so soon? 你一定要這麼早離開嗎?
Have you **got to** leave so soon? 你一定要這麼早離開嗎?

have 用作主動詞時，與其他主動詞一樣具有完成時形式。這意味着在現在完成時或過去完成時的句子中，**have** 可能被使用兩次，一次是作為助動詞，另一次是作為主動詞。

> We **have had** enough, thank you.
> 我們已經吃得夠多了，謝謝。
> They **had** already **had** several warnings.
> 他們已經給警告了好幾次。

do 助動詞

do 可用作助動詞。

I **do** not want it.　　　　　We **do** not want it.
You **do** not want it.　　　　You **do** not want it.
He **does** not want it.　　　　They **do** not want it.

I **did** not want it.　　　　　We **did** not want it.
You **did** not want it.　　　　You **did** not want it.
She **did** not want it.　　　　They **did** not want it.

也可用作主動詞（見第 21 頁）。**do** 用作助動詞時，起**輔助**作用。由於主動詞不能與否定詞直接連用，也不能直接提問，因此 **do** 用來幫助主動詞完成這些任務。

Don't talk! 別說話！
Don't run! 別跑！

do 還可用來代替主動詞，以避免重複。（見第 33 頁）

do 是不規則動詞，有五種形式：**do, does, doing, did, done**。**do** 是動詞原形，**does** 是現在式，**did** 是過去式，**doing** 是現在分詞，**done** 是過去分詞。

一般現在時 **do** 和一般過去時 **did** 可用作助動詞。**do** 用作助動詞時不與**情態**動詞連用。

I **do** not want it.　　　　　We **do** not want it.
You **do** not want it.　　　　You **do** not want it.
He **does** not want it.　　　　They **do** not want it.
I **did** not want it.　　　　　We **did** not want it.
You **did** not want it.　　　　You **did** not want it.

She **did** not want it.　　　　　　They **did** not want it.

助動詞 do 的用法：

– 用於構成一般現在時和一般過去時的疑問句和否定句。

Oh dear, I **didn't feed** the cat this morning.

哦，天哪！我早上沒餵貓。

Do you **know** what time it is? 你知道現在幾點了嗎？

Did Tim **pay** for his ticket last night? 昨晚添付過他的票錢了嗎？

– 用於構成否定祈使句。

Don't talk! 別說話！

Don't run! 別跑！

– 加強祈使句的語氣。（見第 250 頁）

Do let me see it! 一定讓我看看！

– 用來代替主動詞，以避免重複。

They often go to the cinema, and so **do** we.

他們經常去看電影，我們也是。

Don't run on the road! Don't **do** it! 別在馬路上跑！別這樣做！

You live in Glasgow, **don't** you? 你在格拉斯哥住，是不是？

Do you play cricket? 你打板球嗎？

No, I **don't**. 不，我不打。

Did they tell you the news? 他們告訴你這個消息了嗎？

Yes, they **did**. 是的，他們告訴了。

Jim likes jazz, I think. Yes, **he does**.

我想占喜歡爵士樂。是的，他喜歡。

– 用於比較級的句子中。

> She **sings** better than I **do**. 她唱歌比我好。

do 的肯定形式不可以縮寫。但在口語中，其否定形式可以縮寫。

> I **don't** (do not) agree with you. 我不同意你的意見。
> She **doesn't** (does not) live here now. 她現在不住這裏。
> They **didn't** (did not) buy any food. 他們沒買甚麼食物。

● do 的一般現在時的否定形式：

> I/we/you/they **don't**; he/she/it **doesn't**

● do 的一般過去時的否定形式：

> I/we/you/he/she/it/they **didn't**

作為主動詞有許多不同的含義，如執行、履行、確定或提供等。有時可用來代替某一具體動詞。

> I'll **do** the lawn now.
> (I'll **mow** the lawn now.)（現在我要剪草坪。）
> I'll **do** you.
> (I'll **punch** you.)（我要打你。）
> We don't **do** coach parties.
> (We don't **serve** coach parties.)（我們不提供包車旅遊團服務。）

主動詞 **do** 可用於各種時態。（見第 92 頁）

> **Are** you **doing** your homework? 你在做功課嗎？
> You **have been doing** well this term. 這學期你一直做得很好。
> She **had done** enough, so she stopped.
> 她做得夠多了，所以她停了下來。
> This **has been done** before. 這事以前有人做過了。

do 作為主動詞可用於：

– 表示習慣。

> I **do** the washing up every evening. 我每晚都清洗餐具。
> This is what I usually **do**. 這就是我常做的事。

– 表示行為。

> He **did** something rather foolish. 他做了些非常愚蠢的事。
> I **didn't do** anything wrong. 我沒做錯任何事。
> What **are** you **doing**? 你在做甚麼？

– 表示計劃。

> What **are** you **doing** on Sunday? 你週日打算做甚麼？

作為主動詞，**do** 和其他主動詞一樣可用於否定句或疑問句中：

– 在一般現在時中，與助動詞 **do** 連用。

> What **does** he **do** for a living? 他靠甚麼維持生計？
> **Do** I **do** it this way? 我這樣做行嗎？
> No, you **don't do** it like that at all. 不，你不需要那樣做。

– 在一般過去時中，與助動詞 **did** 連用。

> **Did** Henry **do** it, then? 那麼，亨利做了嗎？
> **Didn't** Henry **do** it, then? 那麼，難道亨利沒有做嗎？
> He **didn't do** it, you know. 他沒做，你知道的。

在否定句和疑問句中，**do** 可以被使用兩次，一次是作為助動詞，另一次是作為主動詞。

● 作為主動詞，**do** 可以與情態動詞連用。

> They **will do** it for you, if you ask nicely.
> 如果你好好地懇求，他們會替你做的。
> I **can do** it, but I **shouldn't do** it. 我能做，但我不該做。

Modal verbs 情態動詞

情態動詞是一種特殊的**助動詞**。

> Look, I **can** do it! 看，我能做這事！
>
> Oh yes! So you **can**. 噢，是的！你能。
>
> **Can** I use your phone? 我能用你的電話嗎？
>
> Of course you **can**. 當然可以。
>
> Do you think she **will** come? 你認為她會來嗎？
>
> I'm sure she **will**. 我肯定她會。
>
> I **must** get our tickets today. 今天我必須買到我們的票。

用情態動詞可以給主動詞添加以下特殊含義，例如：

－ 表示主動詞行為的可能性以及確定程度。

> I **may** not **be able** to do it. 我也許不能做那事。
>
> I think that I **might have caught** your cold.
> 我想我也許被你傳染了感冒。
>
> I **could ask** for you, if you like.
> 如果你願意的話，我可以幫你問。
>
> You **couldn't do** it, **could** you?
> 你不可能做那事，是嗎？

－ 表示將來發生某事可能性的大小。**will** 表示一定發生；**may** 表示
可能發生；**could** 表示有條件地發生。

> You **will be seeing** her **on Friday** at Jackie's house.
> 週五你會在傑克家見到她。
>
> I **may be** late home **tomorrow evening**.
> 明天晚上我可能晚一點回家。

I **could bring** some more bread home with me **tonight**.
今晚我也許能多帶一些麵包回家。

– 表示請求或允許某一動作發生。

May I come in? 我可以進來嗎？
You **can** borrow my car tonight if you like.
如果你想，今晚你可以借我的車用。

– 與否定詞連用，表示禁止。

You **shouldn't** use this computer without permission.
你未經批准就不能用這台電腦。
You **cannot** borrow my car tonight. 今晚你不能借我的車用。
He **must not** see this letter. 一定不能讓他讀到這封信。

– 表示猜測。

The weather's so bad that the flight **could** be late.
天氣太差了，航班可能會延遲。
It **might** be all over by the time we get there.
當我們到達的時候，可能全都結束了。
He **may** be very cross about all this.
他也許會為這一切感到很生氣。

– 表示義務和責任。

I **must** give in my essay today. 今天我必須提交自己的論文。
Helen **ought to** tell the truth. 海倫應當說實話。

– 表示典型行為。

She **can** be very kind on occasions like this.
在這樣的場合她會表現得非常友好。

– 用於提要求時更禮貌，避免太唐突。

Would you please close the door. 請關上門好嗎？

– 用於構成條件句（見第 277 頁）

– 用於間接引語（見第 284 頁）

情態動詞可表示現在又可表示將來，尤其與表示將來的時間狀語連用時，情態動詞表示將來會發生的事情。（見第 108-116 頁）

You **will be seeing** her **on Friday** at Jackie's house.
週五你會在傑克家見到她。

I **may be** late home **tomorrow evening**.
明天晚上我可能晚一點回家。

I **could bring** some more bread home with me **tonight**.
今晚我也許能多帶一些麵包回家。

有些情態動詞可以表示過去，即從現在到過去某時間範圍內的一個時間段，與表示過去的時間狀語連用，表示過去經常發生的習慣動作。

When I was little, I **would** ride my bike round and round the lawn.
童年時，我經常繞着草坪一圈圈地騎自行車。

Form 情態動詞的形式

情態動詞與其他動詞不同，只有一種形式，即**動詞原形(base form)**；也只有一種時態，即一般現在時。

> You **will** be seeing her **on Friday** at Jackie's house.
> 週五你會在傑克家見到她。
> I **may** be late home **tomorrow evening**.
> 明晚我可能晚一點回家。
> I **might** go to visit Grandma **on Saturday**.
> 週六我可能去探望祖母。

情態動詞後接不帶 **to** 的動詞不定式，主語是第三人稱單數時情態動詞也無變化（第三人稱單數詞尾不加 **-s**）。

> **He will** be seeing her on Friday. 週五他會見到她。
> **She may** be late home. 她可能晚一點回家。

● 由於情態動詞沒有過去式，須借助其他動詞表示事情發生在過去的情態意義。例如：用 **had to** 代替 **must** 表示過去的必要性。

> I **must** visit Auntie May today. 今天我必須去探望梅姨姨。
> I **had to** visit Auntie May yesterday.
> 昨天我不得不去探望梅姨姨。

● 在口語中，情態動詞 **shall** 和 **will** 通常縮寫為 **'ll**。情態動詞的否定形式縮寫為一個獨立的詞，如 **can't, won't, wouldn't** 等。這些縮略式在口語及書面語中都很常見。

> I will/shall = I'll
> We will/shall = we'll

You **mustn't** say things like that, Jane. 珍，你不要那麼説。

John **can't** come to my party. 約翰不能來參加我的派對。

有些縮略式，如 **he'll, we'll, shan't** 和 **they'll** 常用於口語中，在書面語中很少見。

● 有些動詞既可用作情態動詞，也可用作主動詞。這類動詞叫做半**情態動詞 (semi-modal verb)**。

How **dare** he! 他怎麼敢！

He **dared** to ask me to do his washing!

他竟敢叫我洗他的衣服！

She **need**n't come if that's how she feels.

如果她覺得不想來，她就沒必要過來。

Monica **needs** a new raincoat. 莫妮卡需要一件新雨衣。

Position 情態動詞的位置

情態動詞在動詞短語中，置於主動詞或助動詞之前。

● 如果句中沒有其他助動詞，那跟在情態動詞後面的主動詞應使用**動詞原形**。

Yes, you **can borrow** those earrings tonight.

是的，你今晚可以借這些耳環。

You **should try** that new restaurant in town.

你應該試一下城裏那間新餐館。

You **must come** over again some time. 你必須找個時間再來。

如果情態動詞後接助動詞 **have** 或 **be**，那跟在該助動詞之後的主動詞會用現在分詞或過去分詞。

I **may have upset** him. 我也許令他不高興了。

You **could have looked** for it yourself.

你本來可以親自去找一下。

Janice **might be coming** too. 珍尼斯或許也會來。

Sue **will have been worried** about her, I imagine.

我想蘇將一直為她擔心。

● 在否定句中,情態動詞後接否定詞 **not**。

They **may not wait** for you if you're late.

如果你遲到了,他們可能不會等你。

He **must not be** disturbed after 9 o'clock.

九點之後誰都不許打擾他。

● **can** 不能與助動詞 **have** 連用,但其否定形式 **can't** 可與 **have** 連用。

正確用法:They **can't have seen** him.(他們不可能見過他。)

錯誤用法:They can have seen him.

can 和 could 情態動詞

can 和 **could** 表示能力。**could** 通常用於含過去時間狀語的句子。

> Morag **can** speak French quite well now.
> 現在莫拉格的法語講得相當好。
> I **couldn't** play chess two years ago, but I **can** now.
> 兩年前我不會下棋,但現在我會了。

> When I was younger I **could** play tennis really well.
> 年輕時,我網球打得非常好。
> Winston is so strong he **can** lift me right off my feet.
> 溫斯頓非常強壯,他可以將我舉起來。
> **Can you** get up the stairs without help?
> 沒有人幫助的情況下,你能上樓嗎?
> You **can** come over for dinner whenever you like.
> 你可以隨時來我這裏吃晚飯。

can 和 **could** 的用法:

– 表示知道如何做某事。

> Mary **can** do these sums. 瑪麗會做這些算術題。
> I **couldn't** draw very well when I was younger.
> 童年時我畫畫得不好。

– 表示有能力做某事。(與 **be able to** 相比,**can** 泛指一般的能力,
  而且含有被允許的意思。)

> When I was younger I **could** ski really well.
> 童年時我滑雪滑得非常好。
> Graham **can** run ten miles in 25 minutes.
> 格雷厄姆可於 25 分鐘跑 10 英里。

Are you able to walk to the car? 你能走到車子那裏嗎?

– 表示禮貌的請求或徵求對方許可:

could 比 **can** 的語氣更婉轉,而 **may** 更正式。

Can I borrow the car tomorrow evening, Mum?
媽媽,明晚我能借車用嗎?
Could I come with you on the trip? 我能和你一起去旅行嗎?
May I take this book home with me?
我可以把這本書帶回家嗎?

– 表示將來的可能性,尤指將來的計劃或活動。與 **can** 和 **could** 相比,
may 表示的可能性更不確定,具有更多的將來含義。

We **can** go to Paris next week since you are free.
既然你有空,我們下週就能去巴黎。
We **could** go to Paris next week if you are free.
如果你有空,我們下週可以去巴黎。
We **may** go to Paris, but it depends on our finances.
我們也許去巴黎,但要取決於我們的財政狀況。

– 表示現在的可能性。

You **can** dive off these rocks; it is quite safe here.
你可以從這些岩石上跳下來,這裏很安全。
We **could** dive off the rocks, but we must take care.
我們可以從這些岩石上跳下來,但必須小心。

– 表示過去有可能發生某事,但事實上沒有發生。這種情形用
could + **have** 的完成式表達。

Mary **could have stopped** the fight but she didn't.
瑪麗本來可以阻止這場爭鬥,但她沒有。

– 推測最近發生的事，用 **have** 的完成式表示。

> Who **could/can have broken** the window?
> 誰有可能打破了那扇窗戶？
> Who **would have guessed** that they were related?
> 誰有可能想到了他們是親戚？

can 與 **could** 的區別體現於條件句中。**could** 用於所需條件還未滿足的情況下。

> **If** Louisa is coming, she **can** look after the children for a while.
> 如果路易莎來，她可幫忙照顧孩子一段時間。
> **If** Helen had more money, she **could** buy a computer.
> 假如海倫有更多錢，她就可以買台電腦了。

將句子由直接引語改為間接引語時，**can** 通常要變為 **could**。

> Bernard said, 'I **can** do it for you, Sue.'
> 伯納說："蘇，我能為你做那事。"
> Bernard said that he **could** do it for Sue.
> 伯納說他能為蘇做那事。

can

can 的否定形式為 **cannot**。

> I **cannot** understand why he did it.
> 我無法理解他為甚麼做了那事。

can 的否定縮略式為 **can't**。

> I **can't** help it. 我沒辦法。

could

could 的縮略否定式為 **couldn't**。

> I **couldn't** help it. 我沒辦法。

may 和 might 情態動詞

may 和 **might** 表示請求，也可表示現在或將來的可能性。

> **Might** I ask you your name? 請問你叫甚麼名字？
> The weather **may/might** be better tomorrow.
> 明天天氣可能會好起來。
> Craig **may/might** know his results soon.
> 克雷格也許很快就知道他的成績。
> We **may/might** go to the cinema tonight.
> 我們今晚可能去看電影。
> '**May** I come with you?' Nicky asked.
> 尼基問："我可以和你們一起去嗎？"
> Nicky asked if she **could** come with them.
> 尼基問她能否和他們一起去。

may 和 **might** 的用法：

– **may** 表示請求允許時，比 **can** 更正式。

> **May** I have a drink, please? 我可以喝一杯嗎？
> **May** I use your ruler? I've lost mine.
> 我可以用你的尺子嗎？我丟了我的。

– **might** 有時用於正式場合。

> **Might** I suggest a different solution?
> 我可以提出不同的解決辦法嗎？

– **may** 表示允許，尤其當與 **you, he, she, they** 或專有名詞連用時，表示說話者允許某事發生。

You **may** go now. 現在你可以走了。

Users **may** download forms from this website.

用戶可以從這個網站下載表格。

- **may** 和 **might** 都可表示將來的可能性，但 **might** 比 **may** 更婉轉。

The weather **may/might** be better tomorrow.

明天天氣可能會好起來。

Craig **may/might** know his results soon.

克雷格可能很快會知道他的成績。

We **may/might** go to the cinema tonight.

今晚我們可能去看電影。

- **may** 是禮貌用法，可以使命令的口氣聽起來像請求；**might** 則指說話者對這種要求持冷漠態度。

You **might** give that idea a bit more consideration.

你可以多考慮一下那個想法。

You **might** want to move a bit closer to the screen.

你可以靠近熒幕一點。

- **might** 有時用於規勸某人做某事，並帶有惱怒的成分。這個用法有些過時。

You **might** give me some cake too, Lucy.

露茜，你應該也給我一些蛋糕。

Anna, come on, you **might** tell me what he said!

安娜，快點，你要告訴我他講了甚麼話！

● 如果 **might** 用於條件句中，**if** 從句可用現在時或過去時。與 **could** 相比較，見第 53 頁。

If Louisa **comes**, she **might** look after the children.

如果路易莎來，她可以照顧孩子們。

If Louisa **came**, she **might** look after the children.

如果路易莎來，她可以照顧孩子們。

將句子由直接引語改為間接引語時，**may** 通常要變為 **could**。

'**May** I come with you?' Nicky asked.

尼基問："我能和你一起去嗎？"

Nicky asked if she **could** come with them.

尼基問她能否和他們一起去。

may

may 沒有縮略否定式，或用 **mayn't** (但很少見)。

might

might 的縮略否定式為 **mightn't**。

He **mightn't** have enough money. 他可能沒有足夠的錢。

We might come and live here, **mightn't** we, mum?

媽媽，我們很可能來這裏住，是不是？

must 情態動詞

must 用來表示義務、發出命令和提出建議。只能用於現在時和將來時。如果用於過去時,則用 **have to**。

must 的用法:

－ 表示義務。

All pupils **must** bring a packed lunch tomorrow.
所有學生明天必須自備午餐。

－ 發出命令(語氣較為堅決和肯定)。

You **must** go to sleep now. 你現在必須去睡覺。

－ 提出建議或強烈推薦。

You **must** get one of these new smoothie-makers–they're great!
你一定要買部新款果汁冰沙機,太好用了!
You **must** see *Nim's Island* – it's brilliant.
你一定要看《尼姆島》這部電影,太精彩了。

－ 推測事情的真實性。

She **must** be mad! 她一定是瘋了!
You **must** be joking! 你一定是在開玩笑!
There **must** be some mistakes. 一定是出了錯。
Mr Robertson is here; it **must** be Tuesday.
羅拔臣先生在這裏,今天一定是週二。

如果將這種推測用於否定句或疑問句中,則用 **can** 代替 must。

Can Mary be joking? **Can** she really mean that?
瑪麗是在開玩笑嗎?她真是那個意思嗎?

You **can't** be serious! 你不是認真的吧！

It **can't** be true! 那一定不是真的！

● **must** 可用於疑問句中，但通常用 **have to** 來代替 **must**。

Must you go so soon? 你必須這麼快就走嗎？

Must I invite Helen? 我必須邀請海倫嗎？

Do you **have to** go soon? 你必須這麼快就走嗎？

Do I **have to** invite Helen? 我必須邀請海倫嗎？

must 與否定詞連用：

– 表示禁止某人做某事。

You **must not** cross when the light is red.

你不要在紅燈亮時過馬路。

You **must not** say things like that. 你不要那麼説。

– 表示不可接受的事件或狀態。

There **mustn't** be any mistakes in your letter.

你的信中絕不能有錯。

The whale **must not** become extinct. 絕不能讓鯨魚滅絕。

注意：表示沒有義務做某事時，用 **do not have to**。

比較：

You **must not** come in here. 你不該進入這裏。

You **don't have to** come in here (if you don't

want to). 你不必進入這裏（如果你不想）。

● 如果將句子由直接引語改為間接引語，應將 **must** 變為 **have to**。

'I **must** fill out those forms this evening,' said Ian.

伊恩說:"我今晚必須填好那些表格。"

Ian said that he **had to** fill out some forms.

伊恩說他必須填好一些表格。

must

must 的縮略否定式為 **mustn't**。

You **mustn't** worry so much. 你不要那麼擔心。

shall 和 will 情態動詞

英語的一般將來時通常用情態動詞 **will** 加主動詞的**動詞原形**表示。

情態動詞 **shall** 在現代英語中不常用，除非用於提出建議或提供幫助。

> **Shall** I help you? **Shall** I cook supper?
> 我來幫你好嗎？ 我來做晚飯好嗎？
> **Shall** we go to the cinema tonight?
> 我們今晚去看電影好嗎？

在英語口語中，很難區分 **will** 與 **shall**，因為縮略式 **'ll** 既表示 **shall**，也表示 **will**。

shall 的用法：

— 在問句中與 **I** 或 **we** 連用，表示説話者提出建議或提供幫助。

> **Shall** I help you? **Shall** I cook supper?
> 我來幫你好嗎？我來做晚飯好嗎？
> **Shall** we go to the cinema tonight?
> 我們今晚去看電影好嗎？

will 的用法：

— 與 **I** 或 **we** 連用，表示意圖、意願和允諾。

> Don't worry. I **shan't/won't** be late and Helen **won't** be late
> either. 別擔心，我不會遲到，海倫也不會遲到。
> We **shall/will** be in touch. 我們會保持聯繫。
> I **shall/will** try to ensure that you get a good room.
> 我會盡力確保你有一個好的房間。

– 與 **you, he, she, it, they** 連用，表示保證或承諾。

He **will** be well treated. 他會得到很好的照顧。

You **will** have your money next week. 你下週就會拿到你的錢。

– 表示堅持主張做某事。在這種用法下，通常用 **will** 的完整形式，而且在口語中要重讀 **will** 以示強調。

You **will** do what I tell you!
你要按我說的去做！
Jane **will** go to Mary's, even if I have to carry her there.
儘管我得背着珍前往，珍還是堅持要去瑪麗家。

– 表示禮貌的請求或友好的邀請。

Will you help me look for my purse?
請幫我找我的錢包好嗎？
Will you come to lunch on Friday?
請你週五過來吃午飯好嗎？

– 表示命令。

You **will** finish your work before you watch TV, **won't** you?
看電視前你要先完成功課，對不對？
Louisa, **will** you please be quiet!
路易莎，請你安靜下來！

– 表示某人固執地堅持做某事（用 **will** 的完整形式表示強調）。

Oh! Tony **will** keep jogging me when I'm trying to write!
噢！我正要寫東西時，東尼卻在不停地推我！
No wonder you feel sick. You **will** eat chocolate all day long.
怪不得你感覺不舒服呢，你整天都在吃朱古力。

– 表示預測。

> The match **will** be finished by now. 現在比賽快結束了。
> I think it **will** probably rain tomorrow. 我想明天可能下雨。

will

will 的縮略式為 **'ll**。

> He**'ll** be home soon. 他很快就回到家。

will 的縮略否定式為 **won't**。

> Eve **won't** speak to Harriet. 夏娃不會與哈麗特講話。

shall

shall 的縮略式為 **'ll**。

shall 的縮略否定式為 **shan't**（主要用於英式英語）。

> I **shan't** say a word. 我一句話也不會説。

should 情態動詞

情態動詞 **should** 的用法：

- 表示義務。(比較第 69 頁 **ought to**)

  They **should** do what you suggest. 他們應按照你的建議去做。
  People **should** report this sort of thing to the police.
  人們遇到這種事應該報警。
  She suggested we **should** visit Aunty Irene more often.
  她建議我們應該常去探望艾琳姨媽。
  Rob insisted that we **should** think of others before
  ourselves. 羅拔堅持認為我們應該先人後己。

- 提出建議或給出指示。

  You **should** undo the top screws first.
  你應該先拆卸最上面的螺絲。
  You **should** keep your credit card separate from your
  chequebook. 你應該分開保存你的信用卡和支票簿。

- 表示必然的結果。

  They left here at 6 o'clock, so they **should** be home now.
  他們 6 點離開這裏，所以現在應該回到家了。

- 在條件從句中表示禮貌。這種用法用於正式的書面語中。

  If you **should** decide to go, please contact us.
  如果你決定去，請與我們聯繫。
  Should you need more information, please call the manager.
  如果你需要更多資料，請打電話給經理。

- **should** 可與主動詞連用，緊跟在某些固定表達方式之後，如：**it
  is a pity that, it is odd that, I am sorry/surprised that** 等。這
  種表達方式較為正式。

It's a pity that this **should** happen.
竟然發生這樣的事，真令人遺憾。

I was quite surprised that he **should** be doing a job like that.
他竟會去幹那種偷竊的事，我很吃驚。

● **should** ＋主動詞的完成式表示為做了或未做某事而後悔。（比較 **ought to**）

He **should have stopped** at the red light.
看見紅燈他本應該停車。

You **should have told** me you were ill.
你本應該告訴我你生病了。

● 將句子由直接引語變為間接引語時，仍用 **should**。

Anna said that I **should** try to relax more.
安娜說我應該盡量多休息。

在正式英語中，在條件句中（尤其在與 if 從句連用時）可用 **should**
代替 **would** 與 **I** 或 **we** 連用。

I should love to visit Peru **if I had the money**.
如果我有錢，我很想去秘魯旅行。
I should be very cross **if they didn't give me a certificate**.
如果他們不給我證書的話，我會非常生氣的。
We should hate to miss the play. 我們不想錯過演出。

而在現代英語口語中，**would** 較 **should** 更常用。

I **would** love to visit Peru. 我很想去秘魯旅行。
I **would** be very cross if they didn't give me a certificate.
如果他們不給我證書的話，我會非常生氣的。
We **would** hate to miss the play. 我們不想錯過演出。

should

should 的縮略否定式為 **shouldn't**。

would 情態動詞

would 的用法：

– 表示禮貌的請求。

> **Would** you mind moving your bag? 請你移一下你的包好嗎？
> **Would** you give me a hand with this ladder, please?
> 請你幫我扶一下梯子好嗎？

– 表示禮貌地提供某物。

> **Would** you **like** some tea or coffee? 你想喝茶還是喝咖啡？

– 與 **like** 連用，可作為 **want** 的禮貌用語。

> We **would like** to see Mr Brown now, please.
> 拜託你，現在我們想見見布朗先生。
> My friends **would like** to see your garden.
> 我的朋友想看你的花園。

– 表示過去習慣性的動作，含有過去經常做某事的意思。

> I remember Jeff; he **would** watch TV all day if you let him.
> 我記得傑夫；如果你由着他，他會整天看電視。
> Jess was a kind girl; she **would** always go out of her way to help people. 傑絲是個善良的女孩，她總會不顧一切幫助別人。

– 表示某人過去堅持做某事，**would** 有時要重讀。

> John **would** keep nagging at her, though I asked him not to.
> 約翰不斷找她的麻煩，即使我叫過他別這樣做。
> She **would** go on and on until I lost my temper.
> 她總會繼續那樣，直到我發脾氣為止。

– 表達或詢問可能性。

I saw a girl at the window. Who **would** that be?
我看見有個女孩坐在窗前，那會是誰呢？
Oh, that **would** be his elder sister! 噢，可能是他姐姐！

– 用於條件句中，尤其常與 **if** 從句連用。

I **would** have taken it if it had been available.
如果有的話，我就拿走了。
If you offered me some more I **wouldn't** refuse.
如果你想多給我一些，我不會拒絕。
Brian **would** have phoned the police if he'd seen the accident.
如果布萊恩看到那場事故的話，他會報警。

將句子由直接引語變為間接引語時，常將 **will** 變為 **would**。

Anna said, 'Raymond **will** help you.'
安娜説：“雷蒙德將會幫助你們。”
Anna said that Raymond **would** help us.
安娜説雷蒙德將會幫助我們。
James said, 'The car **won't** start!' 詹士説：“汽車開不動！”
James said that the car **wouldn't** start. 詹士説汽車開不動。

would

would 的縮略式為 **'d**。

I**'d** have done it too, given the chance.
如果有機會，我也已經做完了。
We**'d** like to look at the garden. 我們想看花園。
He**'d** be very angry if he knew about it.
如果他知道那事，一定會非常生氣。

would 的縮略否定式為 **wouldn't**。

Even if he'd known about it, he **wouldn't** have been angry.
即使他知道那事，他也不會生氣。

ought to 情態動詞

ought to 的用法與 **should** 相似，但不如 **should** 常用。

和 **should** 一樣，**ought to** 也沒有過去式，只用於現在時和將來時。

ought to 很少用於疑問句和否定句中，即使用也主要限於正式文體。

表示否定時，**not** 置於 **ought** 和 **to** 之間。在疑問句中，主語置於 **ought** 和 **to** 之間。

> I **ought not to** have said those things to her.
> 我不應當跟她講那些事。
>
> **Ought** we **to** make such a sacrifice for the benefit of future generations? 我們應該為後代的利益作出這樣的犧牲嗎？

ought to 的用法：

– 表示有義務做某事或期望某人做某事。

> You **ought to** listen carefully. 你應當仔細聽。
> We **ought to** leave now. 我們現在應該走了。
> Lucy **ought to** go by herself. 露茜應該親自去。
> People **ought to** be a bit nicer to us. 人們應該對我們好點。

– 表示某事可能會發生。

> Annabel **ought to** be here by now.
> 安娜貝爾現在可能到這裏了。
> The journey **ought to** take about 2 hours. 旅程可能要花兩小時。

– **ought to** ＋ **have** ＋ **主動詞的過去分詞**，表示為沒做某事而後悔，或者責備某人做了或未做某事。

I **ought to have spoken up** earlier. I'm sorry.

對不起，我本該早點明確表態。

You **ought to have offered** to help. 你本該主動提出給予幫助。

They **ought to have told** us what to expect.

他們本該主動告訴我們會發生甚麼。

● 在疑問句和否定句中，**should** 常代替 **ought to**，為的是聽上去更自然。

Ought I to report it to someone in authority?

我應該將這事向當權者報告嗎？

Should I report it to someone in authority?

我應該將這事向當權者報告嗎？

Ought we **to** make a start? 我們可以開始了嗎？

Should we make a start? 我們可以開始了嗎？

ought to

ought to 的縮略否定式為 **oughtn't (to)**。

Oh dear, we **oughtn't to** have let that happen.

哦，天哪，我們本不該讓那件事發生。

Well then she ought to do something about it, **oughtn't** she?

那麼，她應該為此做點甚麼，是不是？

dare 和 need 情態動詞

dare 和 **need** 兼具情態動詞和主動詞的特點，因此叫做**半情態動詞**。作為情態動詞與 **he**、**she** 和 **it** 連用時，其後不加詞尾 **-s**。也就是說，它們沒有第三人稱單數形式，後面只接**動詞原形**。

> **Need** I **say** more? 我還需要多説説嗎？
>
> **Dare** I **ask** how the project's going? 我敢問一下工程進展如何？

need 的過去式 **needed** 不能用作情態動詞；**dare** 的過去式 **dared** 偶爾可用作情態動詞。

dare 和 **need** 用作情態動詞時，常用**否定形式 (negative)** 或**疑問形式 (question)**。

> Where will you all be today? – **Need** you ask?
> 你今天都在哪裏？— 你需要問嗎？
>
> You **needn't** come if you're busy. 如果你忙，就不必來了。
>
> **Dare** I suggest that we have a rota system?
> 我能否建議我們做一個輪值表？
>
> **I daren't** tell him the truth; he'll go crazy.
> 我不敢告訴他真相，他會發瘋的。

這類疑問句通常有固定表達方式，如：**Need I/you ask? Dare I suggest...?** 和 **Need I/we say more?**

dare 和 **need** 用作主動詞時，後接帶 **to** 的動詞不定式，第三人稱單數一般現在時要加 **-s**。做主動詞可以與助動詞 **do** 連用，而且有時態變化。

> Louisa **does**n't **need to know**. 路易莎不需要知道。
>
> **Does** Paul **need to go** now? 保羅現在該走了嗎？

Paul **needs to go**. 保羅該走了。

Dare to be different! 竟敢不同！

I **don't dare to mention** it to him. 我不敢和他提起這事。

當 **dare** 和 **need** 在肯定**陳述句**中用作情態動詞時，句中肯定會有一個表示否定意義的詞，這個詞可以不在動詞短語裏，如 only, never, hardly。

He **need only** ask and I will tell him.

他只要問一句，我就會告訴他。

No sensible driver **dare** risk that chance.

明智的司機不敢冒那樣的風險。

作為情態動詞，**dare** 有以下幾種形式：

I **dare** not **go**.	I **dared** not **go**.
He **dare** not **go**.	He **dared** not **go**.
Dare I **do** it?	
Dare he **do** it?	
Daren't he **do** it?	

作為主動詞，**dare** 有以下幾種形式：

I **dare to do** it.	I **do** not **dare to do** it.
He **dares to do** it.	He **did** not **dare to do** it.
He **does** not **dare to do** it.	**Does** he **dare to do** it?
He **doesn't dare to do** it.	**Doesn't** he **dare to do** it?

作為情態動詞，**need** 有以下幾種形式：

I **need** not **go**.	**Need** I **go**?
He **need** not **go**.	**Need** he **go**?

He **needn't go**.   **Needn't** he **go**?

作為主動詞，**need** 有以下幾種形式：

I **need** it.   I **need to do** it.
He **needs** it.   He **needs to do** it.
I **do** not **need to go**.   I **do** not **need to do** it.
He **does** not **need to go**.   **Does** he **need to go**?

● **dare** 和 **need** 無論作為情態動詞還是主動詞，它們在句子中的意思大致相同。

Anna **didn't dare to jump** off the high fence.
安娜不敢從高高的籬笆上跳下來。
Anna **dared not jump** off the high fence.
安娜不敢從高高的籬笆上跳下來。
You **don't need to come** if you don't want to.
如果你不想過來就不必過來了。
You **needn't come** if you don't want to.
如果你不想過來就不必過來了。

used to 情態動詞

動詞 **used to** 是一個 "邊緣" (marginal) 情態動詞。與其他情態動詞不同，它只用於過去時。因此，當與 **do** 連用構成否定句和疑問句時，其助動詞形式為 **did**。

used to 的用法：

－ 表示過去經常發生的動作或存在的狀態。

> Gerry always **used to** go for a run before breakfast.
> 格里過去總是在早餐前去跑步。
> Peter **didn't use to** say things like that when I knew him.
> 我認識彼得時，他不講那樣的話。

－ 表示過去發生的動作或存在的狀態是真實的，但現在已經不是了。

> I **used to** like rock climbing when I was younger.
> 少年時我喜歡攀岩。
> You **didn't use to** be so stressed! 你以前不那麼緊張的！

used to 有以下幾種形式：

－ **used to** 可與所有的人稱主語如 I, we, you, he, she, it, they 等連用，形式不變。

I **used to**	We **used to**
You **used to**	You **used to**
She **used to**	They **used to**

> I **used to** live in New Zealand. 我過去住在新西蘭。
> He **used to** deliver newspapers but he owns the shop now.
> 他以前做送報紙，但現在他開了自己的店。

Nancy and Bill **used to** live in California.

南茜和比爾過去住在加利福尼亞州。

used to 有兩種否定形式：

– **did not/didn't use to**。

We **didn't use to** have central heating when I was a child.

我們小時候沒有集中供暖系統。

Alan **didn't use to** like children, but it's different now he has his own.

阿倫以前不喜歡小孩，但現在他有了自己的孩子，情況就不一樣。

– **used not to**。

I **used not to** be able to watch myself on TV at all.

我以前從未能在電視上看見自己。

We **used not to** worry much about money.

我們過去不為錢憂慮。

Things **usedn't to** be so bad.

以前事情沒那麼糟糕。

used to 有兩種疑問形式：

– **did** ＋ 主語 ＋ **use to** ＋ 動詞原形：

例如：**did he used to**…?

Did they **use to** visit you often? – Well, Mary **used to**.

他們以前經常來看你嗎？—噢，瑪麗經常來。

– **used** ＋ 主語 ＋ **to** ＋ 動詞原形：

例如：**used he to**…?

Used he to play the guitar? 他過去彈結他嗎？

● 在否定句中，多與 **did** 連用；在疑問句中，幾乎都與 **did** 連用。

常用的縮略否定式為 **didn't use to**；但很少使用 **usedn't to**。

注意區分 **used to** ＋ 動詞原形 與 be **used to** ＋ 現在分詞的用法，
後者表示 "習慣於"。

> They lived in India for a long time, so they **are used to eating**
> spicy food.
> 他們在印度住了很長時間，所以已習慣吃辛辣食物。

Phrasal verbs　短語動詞

短語動詞是由主動詞與介詞或副詞搭配構成的固定詞組。

– 與副詞搭配。

take off 起飛　　　　　　　**give in** 讓步

blow up 爆炸　　　　　　　**break in** 闖入

– 與介詞搭配。

get at (someone) 指責（某人）

pick on (weaker children) 捉弄（較弱的孩子）

– 與副詞 ＋ 介詞搭配。

put up with (insults) 忍受（侮辱）

get out of (doing something) 逃避（做某事）

Type A. Verb plus adverb　　　A 類：動詞 ＋ 副詞

有些 A 類短語動詞不帶賓語，是**不及物**的。在這類短語動詞後無須添加任何成分，其意義仍然明確。

Mary **went away**. 瑪麗離開了。

Helen **sat down**. 海倫坐下了。

The students **came back**. 學生們回來了。

有些 A 類短語動詞須帶賓語，是**及物**的。

We could **make out *a figure*** in the distance.

我們能看清遠處有一個人影。

He tried to **blow up *the Houses of Parliament***.

他試圖炸毀議會大廈。

Could you **put *your clothes* away**, please?
請收拾一下你的衣服好嗎？

如果 A 類短語動詞的賓語是**名詞**，副詞可置於：

– 賓語之前。

I **picked up *Jim*** on my way home. 我在回家的路上順便接了占。
He **blew out *the candle***. 他吹熄了蠟燭。
She **tidied away *her things***. 她收拾好她的東西。

– 賓語之後。

I **picked *Jim* up** on my way home. 我在回家的路上順便接了占。
He **blew *the candle* out**. 他吹熄了蠟燭。
She **tidied *her things* away**. 她收拾好她的東西。

如果 A 類短語動詞的賓語是**代詞**，副詞必須放在賓語之後。

I **picked *him* up**. 我接了他。
He **blew *it* out**. 他將它吹熄了。
She **tidied *them* away**. 她將它們收拾好了。

有時可通過短語動詞各部分的意思猜出整個短語動詞的意思。

to **sit down** = sit ＋ down 坐下 = 坐 ＋ 向下
to **go away** = go ＋ away 離去 = 走 ＋ 離去

有時還需要（可借助於詞典）學習短語動詞的新含義。

to **make up** (an answer)	= invent
to **turn down** (an invitation)	= decline
to **work out** (a problem)	= solve
to **put up** (a visitor)	= accommodate

Type B. Verb plus preposition　　　B 類：動詞 + 介詞

B 類短語動詞須帶賓語，因為動詞後面的介詞須帶賓語。

> He **asked for** *his bill*. 他要結賬。
>
> He **asked for** *it*. 他要找它。
>
> She **listened to** *the doctor*. 她聽醫生說話。
>
> She **listened to** *her*. 她聽她說話。
>
> They **referred to** *our conversation*. 他們指的是我們的談話。
>
> They **referred to** *it*. 他們指的是它。

有時 B 類短語動詞帶兩個賓語，即動詞的賓語和介詞的賓語。

> He **asked** *the waiter* for *the bill*. 他請服務員結賬。

Type C. Verb plus adverb and preposition
C 類：動詞 + 副詞 + 介詞

C 類短語動詞由動詞 + 副詞 + 介詞構成。這類短語動詞是及物的，後接賓語。

> We are **looking forward to** *our holiday/it*.
> 我們正盼着假期 / 它。
>
> Don't **put up with** *bad behaviour/it*. 別容忍惡劣行為 / 它。
>
> You must **look out for** *the warning signs/them*.
> 你一定要留心警示標誌 / 它們。

- 有時很難區分副詞與介詞，通常同一單詞既可以是介詞，又可以是副詞，如何區分取決於這個詞在句中如何被使用。（關於介詞見第 221 頁）

下面舉例說明第 77 頁介紹的三類短語動詞：

Type A　　A 類短語動詞

由動詞 + 副詞構成，可以是不及物的（不帶賓語）或及物的（帶賓語）。

不帶賓語的短語動詞	帶賓語的短語動詞
to break down 中止	to blow something up 炸毀某物
to carry on 繼續	to break something off 中止某事
to fall down 倒下	to bring a child up 撫養孩子
to get about 走動	to bring a subject up 提出主題
to get up 起牀	to catch somebody up 趕上某人
to give up 放棄	to clear something up 清理某物
to go away 走開	to close something down 停業
to go off 消失	to give something up 放棄某事
to go on 繼續	to leave something out 忽略某事
to grow up 長大	to make something up 虛構某事
to hold on 挺住	to pick someone up 接某人

Type B　　B 類短語動詞

由動詞 + 介詞構成，是及物的。

to add to something 增加某物	to hope for something 期待某事
to agree with someone 同意某人	to insist on something 堅持某事
to apply for a job 申請工作	to laugh at something 嘲笑某事
to approve of something 贊成某事	to listen to something 收聽某事
to arrive at a place 到達某地	to look after someone 照顧某人
to ask for something 索要某物	to look for something 尋找某物
to believe in something 相信某事	to look into something 調查某事
to belong to someone 屬於某人	to pay for something 為某物付款
to call on someone 拜訪某人	to refer to something 談及某事
to care for someone 照顧某人	to rely on someone 依賴某人
to come across something 遇到某事	to run into someone 偶遇某人
to deal with something 處理某事	to run over something 碾過某物

某些 B 類短語動詞是雙賓語短語動詞，即動詞和介詞均可帶賓語。

to **add** insult **to** injury 雪上加霜

to **ask** a grown-up **for** help 向成人尋求幫助

to **check** your answers **with** the teacher 和老師核對答案

to **pay** the assistant **for** your shopping 為你所購物品向售貨員付款

to **refer** a customer **to** the manager 帶客戶見經理

Type C　C 類短語動詞

由動詞 + 副詞 + 介詞構成，須在介詞後接賓語。

to be fed up with something 對某事感到厭煩	to keep away from something 遠離某物
to carry on with something 繼續做某事	to look back on something 回顧某事
to catch up with something 趕上某物	to look forward to something 期盼某事
to check up on something 核對某事	to look out for something 提防某事
to come up with something 提出某事	to look up to someone 尊敬某人
to cut down on something 減少某物	to make up for something 彌補某事
to do away with something 消除某物	to put in for something 申請某事
to face up to something 敢於面對某事	to run away with something 帶某物逃跑
to fall back on something 求助於某物	to run out of something 用完某物
to get on with someone 與某人友好相處	to run up against something 偶遇某事
to get out of something 逃避某事	to stand up for something 支持某事
to go back on something 違背某事	to walk out on someone 遺棄某人
to go in for something 從事某事	to watch out for something 提防某事
to break in on someone 打擾某人	to lead up to something 導致某事發生

Tense 時態

Time reference 時間表達法

動詞借助於**時態**變形表示動作發生的時間。因此，時態可用來判斷某一動作或狀態發生在過去還是現在。

> Jessica **works** in the post office.
> 潔西嘉在郵局工作。
> Laurence **worked** in the post office over the Christmas holidays.
> 勞倫斯聖誕假期在郵局工作。

英語有兩種**一般時態 (simple tense)** 和六種**複合時態 (compound tense)**。

Simple tenses 一般時態

一般時態由一個詞構成。**一般現在時 (present simple)**：

I **like**	I **live**
you **like**	you **live**
he **likes**	he **lives**

一般過去時 (past simple)：

I **liked**	I **lived**
you **liked**	you **lived**
he **liked**	he **lived**

The simple tenses of regular verbs 規則動詞的一般時態

現在式的動詞形式與**動詞原形**相同。如果是一個名詞或 he, she, it 做主語,動詞之後須加詞尾 -s,這叫做第三人稱單數形式。

he/she/it like**s**
he/she/it live**s**

規則動詞的**過去式**由動詞原形加 **-ed** 或 **-d**(如果動詞以 **-e** 結尾)構成。本規則適用於所有人稱。

I **liked**	I **lived**
you **liked**	you **lived**
he **liked**	he **lived**

The simple tenses of irregular verbs 不規則動詞的一般時態

大多數不規則動詞構成**現在式**的方法與規則動詞一樣。

現在式

I **find**	I **go**
you **find**	you **go**
he/she/it **finds**	he/she/it **goes**

● 不規則動詞的**過去式**由多種不同方式構成。有時不規則動詞的過去式變化很大,像是另外一個詞。(關於不規則動詞見第 25-27 頁)

過去式

I **found**	I **went**
you **found**	you **went**
he/she/it **found**	he/she/it **went**

Aspect 體

動詞除了用來表示事件發生的時間，也可用來說明某一動作和狀態完成或未完成的情況。"體" 幫助描述行為發生的方式。

進行體 (continuous aspect) 由助動詞 **be** 的適當形式 + 主動詞的 **-ing** 形式 (**現在分詞**) 構成。

用**進行體**可表示某一動作：

－ 在說話時正在進行

> I'**m having** dinner at the moment. Can I call you back?
> 我正在吃晚飯。我過一會再給你回電話好嗎？
> I know what you **are doing**! 我知道你正在做甚麼！
> Look! Someone'**s walking** around in our garden!
> 看！有人正在我們的花園裏走動！

－ 在過去某段時間一直在進行。

> I **was having** dinner when he called.
> 他打電話的時候，我正在吃飯。
> I **was waiting** for her when she came out of the classroom.
> 她從教室出來時，我一直在等她。
> We **were driving** home when we saw the accident.
> 我們在開車回家的路上看到一宗交通事故。

－ 將要在某時間進行。

> We'**re going** to Turkey for a holiday next year.
> 我們明年要去土耳其度假。
> They'**re coming** to us for Christmas this year.
> 今年他們將要來我們這裏過聖誕節。

完成體 **(perfect aspect)** 由助動詞 **have** 的適當形式 ＋ 主動詞的 **-ed** 形式（過去分詞）構成。

用**完成體**表示某一動作：

－ 在說話時已經完成。

I**'ve finished** the book. It was brilliant.
我已經看完這本書，太精彩了。
We**'ve enjoyed** having you all to stay.
你們都能留在這裏我們很開心。
Jo **has borrowed** the book, so I can't check now, I'm afraid.
喬已經借走了這本書，所以我恐怕現在不能核對了。

－ 在某一時間已經完成。

Oh dear; I **had forgotten** my promise to Aunt Jane.
哦，天哪，我忘了自己對珍姨媽的承諾了。
Sharon **had lost** her key, so she had to wait outside.
莎朗丟了她的鑰匙，所以她不得不在外面等着。
Sue **had seen** the film three times already, but she didn't mind.
那部電影蘇已經看了三遍，但她不介意。

複合時態可以同時包含這兩種體 —— 進行體和完成體。

Peter **has been talking** about you a lot recently.
彼得最近一直在談論你。

Compound tenses 複合時態

複合時態是現在**時**或過去**時**（通過助動詞體現）與進行**體**或完成**體**的結合。（見第 85-86 頁）

> I'**m doing** my homework at the moment, so I can't come out.
> 我正在做功課，所以不能出去。
> Ben **has seen** the camera that he wants.
> 本已經見到了他想要的那部照相機。
> She **was listening** to the radio in the kitchen.
> 她正在廚房裏聽收音機。
> Sandra **had invited** all her friends.
> 桑德拉邀請了她所有的朋友。

● 助動詞的時態表明複合動詞是否是**現在**時：

> I'**m having** dinner at the moment; I'll call you back.
> 我正在吃晚飯，過一會再給你回電話。
> We'**ve had** a lovely stay; thank you.
> 我們在這裏住得很愉快，謝謝你。

或是否是**過去**時：

> We **were dancing** around the living room and singing along.
> 我們正在客廳跳舞唱歌。
> Mum **had gone out** and left us some snacks.
> 媽媽出去了，給我們留了一些零食。

助動詞和**分詞**的選擇體現了動詞所表示的體：

– 如果用助動詞 **be** 和 **-ing** 分詞（現在分詞），則是**進行體**。

My brother **is having** a party tomorrow. 我哥哥明天要開派對。

The kids **were running** wild when we got home.
當我們回到家時，孩子們正在瘋跑。

– 如果用助動詞 **have** 和 **-ed** 分詞（過去分詞），則是**完成體**。

Jill **has walked** more than 500 miles for charity.
吉爾為慈善活動走了 500 多英里。

Someone **had tied up** the dog to stop it wandering off.
有人已經把狗拴了起來以防牠亂跑。

主要的複合時態有：

– 現在進行時 **(present continuous)**
= **be** 的現在式 + **-ing**（現在分詞）。

Kerry **is waiting** until Jessica gets here.
克里要一直等到潔西嘉來到這裏。

– 過去進行時 **(past continuous)**
= **be** 的過去式 + **-ing**（現在分詞）。

Maria **was watching** TV when Jo called.
喬打電話來時，瑪莉亞正在看電視。

– 現在完成時 **(present perfect)**
= **have** 的現在式 + **-ed**（過去分詞）。

Sam **has seen** a few things that he'd like.
山姆看到了一些他想要的東西。

We'**ve bought** some better equipment.
我們已經買了一些更好的設備。

- 過去完成時 (past perfect) = **have** 的過去式 + **-ed**（過去分詞）。

  She **had** really **believed** their story! 她真的相信了他們的說法！
  Rory **had had** enough of their silly questions.
  羅里受夠了他們的蠢問題。

複合動詞借助於**兩個助動詞**和一個**主動詞**連用，將進行體與完成體結合在一起。結合後構成的形式如下：

- 現在完成進行時 (present perfect continuous)
  = **have** 的現在式 + **be** 的過去分詞 + **-ing**（現在分詞）。

  For the past two months, Zoe **has been visiting** us once a week. 已經連續兩個月了，佐伊每週都探訪我們一次。
  We'**ve been trying** to finish that job since Easter.
  自從復活節以來我們一直在努力完成那項工作。

- 過去完成進行時 (past perfect continuous)
  = **have** 的過去式 + **be** 的過去分詞 + **-ing**（現在分詞）。

  Vicky **had been hoping** for better news.
  維奇一直在期待更好的消息。
  I **had been travelling all day,** so I was exhausted.
  我東奔西跑了一整天，因而筋疲力盡了。

情態助動詞可用於複合時態中。

  She **might be babysitting** for us on Friday.
  她也許週五為我們照顧孩子。
  We **would be sitting** here for hours if I told you everything.
  如果我告訴你一切，我們可能要在這裏坐好幾個小時。
  I **may have eaten** something that disagreed with me.
  也許是我吃的甚麼東西讓我感到不舒服。

I expect Nayeema **will have bought** something for tea.
我希望娜伊瑪會買些甚麼用作茶點。

情態助動詞置於動詞短語首位，其後面可接：

– 主語和動詞短語的其餘部分（在疑問句中）。

Will you be going shopping after work?
下班後你去購物嗎？

– 否定詞 **not** 和動詞短語的其餘部分（在否定句中）。

Marcus **may not have been** entirely truthful.
馬克斯説的可能不全都是實話。

– 主語、否定詞 not 和動詞短語的其餘部分（在否定疑問句中）。

Will you not be pushing for that to be changed?
你不為此改變再努力一下嗎？

在疑問句中，情態動詞的縮略否定式置於主語和動詞短語的其餘部分之前。

Won't he **be calling** on us this evening?
他今晚不來拜訪我們嗎？

情態動詞不與輔助助動詞 **do** 連用。

（關於情態動詞的含義和用法見第 53-76 頁）

Response 回答

我們通常用複合動詞中動詞短語的第一部分作為疑問句的回答形式，即用其中的一個助動詞作為答語。如果句子為一般時態，則用輔助助動詞 **do**。

Do you **like** avocados? 你喜歡吃牛油果嗎？

Yes, I **do**. 是的，我喜歡。

如果 **be** 或 **have** 的某種形式是動詞短語中的第一個動詞，那麼它們可用作回答。

Has Claire been round yet? 克萊爾已經來了嗎？

Yes, she **has**. 是的，她已經來了。

Was Nayeema asking for help? 娜伊瑪正在尋求幫助嗎？

Yes, she **was**. 是的，她正在尋求幫助。

當情態動詞置於動詞短語的首位時，可將情態動詞和助動詞連用作為回答。

Do you think he **might have left** the parcel somewhere?

你認為他可能將包裹遺留在某個地方了嗎？

Yes, he **might**. 或 Yes, he **might have**. 是的，他可能遺留了。

So Laurence **could be coming** with us then.

那麼，勞倫斯可能會跟我們一起去。

Yes, he **could**. 或 Yes, he **could be**. 是的，他可能會。

The present simple tense　一般現在時

一般現在時的典型形式：

> I know her.
> He know**s** her.

do 的一般現在式用作輔助助動詞時可以：

– 提問。

> **Do** I know you? 我認識你嗎？
> **Does** she know you? 她認識你嗎？

– 與 **not** 連用構成否定句。

> I **do not** know her. 我不認識她。
> She **does not** know you. 她不認識你。

– 用作縮略回答。

> **Do** you just **have** coffee for breakfast? 你早餐只喝咖啡嗎？
> Yes, I **do**. 是的，我只喝咖啡。

一般現在時的用法：

– 表示個人習慣或好惡，也表示經常發生的事情。

> I **like** coffee for breakfast but everyone else in my family **prefers** tea. 我喜歡早餐喝咖啡，但我的家人更喜歡喝茶。
> I **don't take** sugar in my coffee. 我喝咖啡不加糖。
> What **does** Jamie **usually have** for breakfast?
> 傑米通常早餐吃甚麼？
> They **often go** to the cinema **on Saturdays**.
> 他們週六經常去看電影。
> I **don't usually watch** TV. 我不常看電視。

（表示習慣時，常與副詞 often, always, usually, sometimes, never 或副詞短語 on Sundays , in the summer 等連用。）

- 表示客觀事實，如普遍真理或永恒的狀態。

> The sun **rises** in the east. 太陽從東方升起。
> Birds **fly** south in the winter. 冬天鳥飛往南方。
> We **live** in Scotland. 我們住在蘇格蘭。

- 用於表達説話者的觀點或信念。

> I **think** he's a very good teacher. 我認為他是一個好老師。
> I **don't agree** with that at all. 我根本不贊成那事。

- 用於戲劇道白、生動地講述故事或描述動作。

> He **walks** slowly to the checkout and **puts** his bag on the counter. As the cashier **opens** the till he **draws** a gun …
> 他慢慢走到付款台前，將他的包放在櫃枱上。當出納員打開收銀機時，他拔出了手槍……

- 用於解説體育賽事或公共職能。

> … but Nadal **sees** it. He **runs** up to the net and **smashes** the ball.
> ……但納達爾看見了球。他跑到球網邊直接扣球。

一般現在時與時間副詞連用，可表示計劃中將要發生的動作，如談論旅行計劃和時間表等。（關於將來時態表達法見第 108-116 頁）

> The train **leaves** at 10.40 a.m. and **arrives** at 3.30 p.m.
> 火車將於上午 10:40 離站，下午 3:30 到站。

一般現在時用於條件句中，表示會對將來造成影響的事情。（關於條件句的用法見第 277 頁）

> If I **lend** you my notes, I won't be able to revise tonight.
> 如果我借我的筆記給你，我今晚就不能修改了。

The past simple tense 一般過去時

一般過去時的典型形式：

> I **met** her.
> She **met** him.
> I **went** there.
> She **went** there.

do 的一般過去式 **did** 用作輔助助動詞時可以：

— 提問。

> **Did** I **meet** him? 我見過他嗎？
> **Did** she **meet** him? 她見過他嗎？
> **Did** I **go** there? 我去過那裏嗎？
> **Did** it **go** there? 牠去過那裏嗎？

— 與 **not** 連用構成否定句。

> I **did** not **meet** her. 我沒有見過她。
> He **did** not **meet** her. 他沒有見過她。
> I **did** not **go** there. 我沒有去過那裏。
> He **did** not **go** there. 他沒有去過那裏。

— 用作回答。

> Did you see Jenny yesterday? 你昨天見過珍妮了嗎？
> No, I **didn't**. 不，我沒看見。
> Did Penny phone you? 彭妮給你打電話了嗎？
> Yes, she **did**. 是的，她打了。

一般過去時的用法：

– 表示過去發生的某一動作。

> He **locked** the door and **left** the house.
> 他鎖上門然後離開了那所房子。
> I **went** out and **brought** the cat back in again.
> 我出去將那隻貓又帶了回來。

– 表示過去經常發生的動作，常與 always, never, often 連用。

> In those days I **always went** to Juliano's for lunch.
> 那些日子我總去朱利安諾家吃午飯。
> I **cycled** in **every day** and that soon **made** me fit.
> 我每天騎自行車，因此身體很快強壯起來。
> I **often visited** Glasgow on business when I was in publishing.
> 在出版社工作時，我經常出差去格拉斯哥。

表示過去某一特定時間發生的動作，常與表達時間的短語如 ago
或 last month 等連用。

> **Some time ago** now, I **went** to America for a month.
> 不久前，我去美國住了一個月。
> **Once upon a time** there was a king in a faraway land.
> 從前，在一個遙遠的國家有一個國王。
> I **saw** Roger **a little while back**. 回來不久我見到了羅傑。
> I **bought** the microwave **a year ago**. 我一年前買了這個微波爐。

– 表示過去一直進行的動作被某個動作打斷了。

> I was clearing out the garage when a car **came** down the drive.
> 我正在清理車庫，這時一輛轎車沿着車道開了過來。
> We were leaving the house when the phone **rang**.
> 我們正要離開房間，這時電話響了。

The present continuous tense 現在進行時

現在進行時的典型形式：

> I am winning.
> He is winning.
>
> Am I winning?
> Is she winning?
>
> I am not winning.
> He is not winning.
>
> Aren't I winning?
> Isn't she winning?
>
> Am I not winning?
> Is she not winning?

在標準的英式英語中，有些主動詞通常不能用於進行時態，這些動詞通常是狀態動詞而非行為動詞。

> 可以說 I am winning.，但不能說 I am liking it.
> 可以說 I am not winning.，但不能說 I am not liking it.

現在進行時的用法：

－ 表示現在說話時正在發生的事情。

> Mum**'s mowing** the lawn, and I**'m doing** my homework,
> but Isabel **isn't doing** anything.
> 媽媽在修剪草坪，我在做功課，但伊莎貝爾甚麼事都沒有做。
> The children aren't asleep; they**'re messing about**.
> 孩子們沒有睡，他們正在胡鬧。
> Come on; you**'re not trying**. 快點，你還沒有盡力。

當簡短回答問題時，通常只用到助動詞而不用重複主動詞。

> **Are** you **waiting** for someone? 你正在等人嗎？
> — Yes, I **am**. 是的，我正在等。
> **Is** Hamish **working** in the library? 哈米什在圖書館工作嗎？
> — No, he **isn't**. 不，他不在。

— 表示暫時發生的動作，儘管説話時並沒有發生。

> I**'m studying** German at college. 我上大學時會學德語。
> I**'m thinking** of getting a new car. 我在考慮買一輛新車。

— 表示暫時情形，而非永久情形。

> I**'m living** in Scotland **at the moment**. 我目前住在蘇格蘭。
> Fiona **is working** in the stables over the holidays.
> 菲奧娜在假期那段時間一直在馬廄工作。

— 表示變化着的狀態或情形。

> My headache **is getting** better. 我的頭痛好了一點。
> The daylight **is slowly fading**. 日光正在逐漸消失。

— 表示通常在何種情形下做某事。

> I have to wear glasses **when I'm driving**.
> 開車的時候我不得不帶眼鏡。

— 與時間副詞或短語連用，表示對將來事情的安排。（關於將來時態
表達法，見第 108 頁）。

> I **am flying** to New York **next week**. 我下週要飛往紐約。

— 也可表示對重複性動作的厭煩。在這種用法下，動詞常與副詞
always, forever, constantly, continually 等連用。

> She**'s always whining** about something. 她總是抱怨。
> He**'s forever** laughing and making silly comments.
> 他總是笑着講一些愚蠢的評論。

The past continuous tense　過去進行時

過去進行時的典型形式：

> I was winning.
>
> 可以説 I was winning.，但不能説 I was liking it.
>
> She was winning.
>
> They were winning.

> Was I winning?
>
> Was she winning?
>
> Were you winning?

> I was not winning.
>
> 可以説 I was not winning.，但不能説 I was not liking it.
>
> We were not winning.
>
> They weren't winning.

在標準的英式英語中，有些主動詞通常不能用於進行時態，這些動詞通常表示狀態而非情感。

過去進行時的用法：

– 與表示時間的短語連用（如 6 p.m. yesterday），表示在那個時間之前，開始在那個時間之後完成的動作，而這一動作所用時間的長短並不重要。

> What **were you doing** at eight o'clock last night?
>
> 昨晚八點你在做甚麼？
>
> I **was standing** at the bus stop.
>
> 我正站在巴士站等車。

— 表示被中斷的動作。注意：被中斷的動作用過去進行時，中斷某動作的事情用一般過去時。

We **were** all **sitting** in our places when the bell **rang**.
我們都坐着自己的座位，這時鈴聲響了。

— 表示一個瞬間動作發生時，另一個持續性動作早已在進行中。

While I **was waiting** for the bus I **dropped** my purse.
我在等巴士的時候掉了錢包。

— 描寫過去的，特別是故事中發生的情景。

It was a dreadful morning. The snow **was still falling**, the wind **was blowing**, and the cars **were skidding** on the icy roads.
那是一個可怕的早晨。雪還在下，風刮得很厲害，汽車在結冰的路面上滑行。

The present perfect tense 現在完成時

現在完成時的典型形式：

I **have finished**.
He **has found** them.
They**'ve finished**.
They**'ve found** her.
Listen! I**'ve heard** some great news; Jim**'s won**!
They**'ve bought** a brand new car.
You**'ve got** a nerve!

Have they **finished**? – No, they **haven't**.
Has Mary **arrived** yet? – No, she **hasn't**.

I **have** not **finished**.
He **has** not **finished**.
Ranee **hasn't found** her bracelet yet.
They **haven't seen** her.

現在完成式的縮略式：

has = **'s**	have = **'ve**
has not = **hasn't**	have not = **haven't**

現在完成時的用法：現在完成時表示事情發生在過去，但與現在的情況有關係。也表示過去開始的某一動作，但不提及該動作發生的具體時間。

Her daughter **has had** an accident. 她女兒遇到了意外。
We **have seen** the Eiffel Tower and the Arc de Triomphe.
我們已經看過埃菲爾鐵塔和凱旋門。

如果現在完成時在複合句中多次出現，可省略第二個及以後的助動詞 have。

They **have bought** their tickets and **booked** their seats.
他們已經買了票及訂好了座位。

● 表示最近剛完成的動作，可與 just 連用。

> They **have just bought** their tickets. 他們剛買了票。
> He **has just finished** his homework. 他剛做完功課。

如果表示事情從未發生，可與 never 連用。如果想知道事情是否發生過，可與 ever 連用。

> **Have** you **ever been** to Greece? 你曾經去過希臘嗎？
> I**'ve never done** anything like this before.
> 我以前從未做過那樣的事。

● 如果想表示事情發生在一瞬間或一段時間內，可與 recently, lately, this morning, today 或 this week 等時間短語連用。

> I **haven't been** to the cinema **recently**. 我最近沒去看電影。
> I**'ve waited a week** for your answer. 我等你答覆已經一週了。

● 在疑問句和否定句中，現在完成時可與 yet 連用，強調到現在為止。在肯定句中，與 already 連用。

> **Haven't** you **finished yet**? 你還沒完成嗎？
> **Have** you **bought** the tickets **yet**? 你買票了嗎？
> I**'ve** already **seen** that film. 我已經看過那部電影了。

現在完成時經常用來回答問句 How long... ？另外，通常與 for 引導的短語連用，表示動作發生在一段時間內；與 since 引導的短語或從句連用，表示動作從某一時刻延續到現在。

> I **have lived** in Edinburgh **for** fifteen years.
> 我在愛丁堡住了 15 年。
> **How long have you lived** in Edinburgh?
> 你在愛丁堡住了多久？
> We**'ve had** this car **since** 2008.
> 自從 2008 年我們就有了這輛車。
> We **haven't spoken** to each other **since** the night of the argument. 自從那夜爭吵後，我們彼此再沒講過話。

The past perfect tense 過去完成時

過去完成時的典型形式：

> I **had misheard**.
> She **had misheard**.
> I **had finished**.
> She **had found** them.
> She**'d gone**.
> They**'d found** her.

> **Had** I **misheard**?
> **Had** it **gone**?
> **Had** Mary **arrived** before Peter told you?
> — No, she **hadn't**.

> I **had** not **misheard**.
> He **had misheard**.
> I **had** not **finished**.
> It **had** not **worked**.
> I **hadn't realized** how serious the problem was.
> They **hadn't seen** her.

過去完成式的縮略式：

> had = **'d**   had not = **hadn't**

過去完成時表示在過去已經完成了的動作。

> **Had** you ever **seen** her before then? 你在那之前曾經見過她嗎？
> — No, I **hadn't**. 不，我沒見過。

過去完成時的用法：

– 表示過去發生的動作，而這一動作發生在其他事情發生之前。

She **had just made** some coffee when I arrived.
我到的時候，她剛好煮了些咖啡。

– 表示一個動作或狀態在過去某個動作發生之前已經開始，並一直
延續到這一動作，甚至可能會超過這段時間。

Ashraf **had** already **known** my brother **for two years** when I
met him. 我見到阿什拉夫時，他認識我哥哥已經兩年了。

● 常用於複合句中的主句中，用以設定過去發生事情的情景。

We **had always wanted** to visit Canada **for a long time**, so
last year we decided to go.
很久以來我們總是想去加拿大旅遊，所以去年我們決定去。

● 常與表示時間的詞或短語連用，如 always 或 for several days
等。

We **had always wanted** to visit Canada, so last year we
decided to go.
我們總是想去加拿大旅遊，所以去年我們決定去。

The present perfect continuous tense
現在完成進行時

現在完成進行時的典型形式:

> I **have been waiting**.
> I**'ve been waiting**.
> She **has been waiting**.
> She**'s been waiting**.
>
> **Have** I **been snoring**?
> **Has** he **been waiting**?
> **Have** you **been waiting** long?
>
> I **have** not **been waiting**.
> She **has** not **been waiting**.

現在完成進行時的用法:

– 表示過去開始的動作或狀態一直延續到説話這一時刻。

> I **have been holding** this ladder for ages. When are you going to come down?
> 我已經扶着這個梯子好長時間了,你打算甚麼時候下來?

– 表示過去開始的動作或狀態剛剛完成。

> Thank goodness you're here! I**'ve been waiting** for hours.
> 謝天謝地,你到了!我等了好幾個小時。

– 表示重複性動作。

> I**'ve been getting** this magazine every week for a year.
> 這一年裏我每週都買這本雜誌。

現在完成時和現在完成進行時，用於表示長期發生的動作時，它們
所表達的意思有時沒有甚麼區別。

> **I have been working** here for three years.
> 我在這裏工作了三年。
> **I have worked** here for three years.
> 我在這裏工作了三年。

一般來説，現在完成進行時表示較暫時的動作或狀態。

> **I have been living** in London since I left school.
> 我離開學校後一直住在倫敦。

而現在完成時表示較持久的動作或狀態。

> **I have lived** in London since I was born.
> 我出生後一直住在倫敦。

● 現在完成進行時不能用於動詞 be、know、like 等，這些詞不能
用進行時。

● for 和 since 既可用於現在完成進行時，也可用於現在完成時。
（關於動詞進行時的用法，見第 96-99 頁）

> **I have been studying** English for three years.
> 我已經學了三年英語。
> **I have studied** English for three years.
> 我已經學了三年英語。
> **I have been living** in London since I left school.
> 離開學校後我一直住在倫敦。
> **I have lived** in London since I was born.
> 我出生後一直住在倫敦。

The past perfect continuous tense 過去完成進行時

過去完成進行時的典型形式：

> I **had been waiting**.
> I**'d been waiting**.
> She **had been waiting**.
> She**'d been waiting**.

> **Had** I **been talking nonsense**? What had I said?
> **Had** he **been waiting** long?
> **Had** you **been expecting** to meet Mary at the station?

> I **had not been waiting**.
> She **had not been waiting**.
> They **hadn't been looking** very carefully.

過去完成進行時用於描述在過去的某個動作（B 動作）發生之前，已經開始的動作（A 動作）：

- 既可以是 A 動作持續進行直到 B 動作開始的時刻。

> I **hadn't been waiting** long when a lorry drew up beside me.
> 我沒等多久貨車就停靠在我身旁了。

- 也可以是 A 動作在 B 動作開始之前已經完成。

> I **had been studying** and decided to take a stroll to clear my mind.
> 我一直在讀書，於是決定出去散散步，清醒一下頭腦。
> We **had been cleaning** the car for hours, so we stopped and had a drink.
> 我們已經洗了好幾個小時的車，所以停下來喝點東西。

● 過去完成進行時常用於複合句的主句中，用以設定事情發生的情景。

> I **had been driving** for about an hour when I **heard** a noise in the engine. 我開了大約一個小時的車，這時聽到引擎發出噪音。

● 過去完成進行時常用於表示重複性的動作。

> She **had been trying** to telephone her mother all day.
> 她一整天都在嘗試打電話給她媽媽。

注意：過去完成進行時不能與 like 連用（like 不能用於進行時，見第 96 頁）。

Future reference 將來時態表達法

verb forms 動詞形式

英語本來沒有將來時，但可以通過情態動詞（尤其是 **will** 和 **shall**）等表示將來發生的事情。將來時的構成如下：

1. **will/shall** ＋ 動詞原形是表達將來時的直接形式（見第 62 頁）。其他表示可能性的情態動詞，是表達將來時的間接形式。

> It **will take** several years to finish. 這將要花費幾年時間來完成。
> Jean **will look after** the dogs while we're away.
> 我們離開期間珍會照顧這些狗。
> I **shall** simply **tell** her to mind her own business.
> 我會坦白地告訴她別管閒事。
> We **shall see**. 我們拭目以待。

2. **be going to** ＋ 動詞原形，表示意圖、打算和預測（見第 112 頁）。

> He failed his exam last year; this year he **is going to work** harder. 去年他考試不及格，今年他會更努力讀書。
> You'd better take the washing in; it **is going to rain**.
> 你最好將洗好的衣服收進來，天快下雨了。

3. 現在進行時與時間副詞連用，表將來的計劃或安排（見第 96 頁）。

> Sarah and Harriet **are meeting at ten o'clock** on **Tuesday**.
> 莎拉和哈麗特將在週二上午十點會面。
> I **am flying** to Glasgow **on Friday**.
> 週五我要飛往格拉斯哥。

4. 一般現在時與時間副詞連用，表示將來的計劃，而該計劃是時間表上或先前安排的計劃的一部分（見第 92 頁）。

The main film **starts at 2.45 p.m.**

主電影將在下午 2:45 分開場。

We **leave at 4 p.m. tomorrow**. 我們明天下午 4:00 離開。

5. 將來完成時 (future perfect tense)(**will have** ＋ 過去分詞) 與時間副詞連用，表示在將來某一時間將要完成的動作 (見第 114 頁)。

I was hoping to meet James, but by the time I arrive he **will have gone** home.

我希望見到詹士，但我到達時，他肯定將已回了家。

6. **be about to** ＋ 動詞原形，表示即將發生的事情 (見第 115 頁)。

I'm sorry I can't stop and chat; I**'m about to leave** for work.

很抱歉，我不能停下來聊天，我該去工作了。

7. 將來進行時 (future continuous tense)(**will be** ＋ 現在分詞)，表示將來正在進行的動作 (見第 115 頁)。

What **will** you **be doing** on Saturday morning?

週六上午你將在做甚麼？

Oh, I**'ll be shopping** as usual. 噢，像往常一樣，我將會去購物。

8. **be to** ＋ 動詞原形，表示正式的計劃，常用於新聞報導中 (見第 116 頁)。

The President **is to attend** an EU–Russia summit tomorrow.

總統明天將參加歐盟—俄羅斯峰會。

(1) will/shall

情態動詞 **will** 或 **shall** 之後接動詞原形，表示將要發生的事情。

I **shall come.**	We **shall come.**
或	或

I **will come.**	We **will come.**
You **will come.**	You **will come.**
She/he/it **will come.**	They **will come.**

will 可用於動詞的所有人稱，**shall** 常和第一人稱單數（I）和複數（we）連用（詳見第 62 頁）。

● shall 和 will 的縮略式均為 **'ll**，所以在非正式口語中沒有甚麼區別。

  I**'ll** probably be late, but I expect they**'ll** be on time. 我很可能遲到，但我希望他們會準時。

will 和 shall 的縮略否定式分別為 **won't** 和 **shan't**。

  We **won't come**. 我們將不會來。
  We **shan't come** 我們將不會來。

● 如果句中有兩個主動詞，通常在第二個主動詞前不重複情態動詞。

  I **won't go** see him or **speak** to him for six months. 我六個月內將不會去看他或跟他講話。

will 或 **shall** 構成將來時的用法：

－ 表示將來的事實。

  I shan't see Mary next week. 我下週將不會去看瑪麗。
  I'll be on the plane this time tomorrow.
  明天這個時候我將在飛機上。

－ 表示承諾或保證。

  I'll be home in time for tea. 我將會及時回家吃下午茶。
  This **won't happen** again, I can assure you.
  我向你保證，這樣的事情不會再發生。

– 表示説話者宣佈剛作的決定。

  Er, **I'll have** the pizza Margherita and a side salad, please.
  嗯，我想要瑪格麗特薄餅和一個沙律。

  Right, **I shall** ask him, and see if his story matches yours. 好吧，
  我會問他的，了解一下他的描述是否和你的相符 。

– 用 **won't** 表示否定的意圖。

  I **won't go** there again. The service was dreadful.
  我不會再去那裏。那裏的服務太差。

– 表示拒絕。

  I **won't put up with** any more of this silly behaviour.
  我不會再忍受這種愚蠢行為。

  I've tried to persuade her but she **won't come**.
  我試圖說服她，但是她不肯來。

– 表示將來會發生的事情（可能在遙遠的將來），可與時間從句連用。

  People **will be** amazed when they hear about this in years to come.
  多年後人們聽到這事將會非常吃驚。

– 表示將來肯定會發生的動作或事情。

  Christmas is past, but it **will come** again next year.
  聖誕節過去了，但是明年它還會再來。

– 用在諸如 believe, expect, hope, know 和 think 這些動詞之後，表示對將要發生的事情的看法。

  I **expect** he**'ll be** home soon. 我盼望他很快回家。

  I **hope** you**'ll be** very happy in your new home.
  我希望你在新的家會非常開心。

– 用在條件句中表示某事發生的可能性 (見第 277 頁)。

> If you phone after six **I'll tell** you all about it.
> 如果你在六點以後打電話,我會把一切都告訴你。

(2) be going to

be + **going to** + 動詞原形,表示將來發生的事情。

> I **am going to wait**.
> He **is going to wait**.
> I **am not going to wait**.
> He **is not going to wait**.
> **Is** he **going to wait**?
> **Are** they **going to wait**?

be going to 的用法:

– 表示將來的打算。

> Mary **isn't going** to study art; she**'s going** to be a nurse.
> 瑪麗不打算讀藝術,她打算做護士。

– 表示已經決定的事。

> Is Jim **going to leave** his job? 占將要辭掉工作嗎?
> — Yes, **he is**. 是的,他要辭掉工作。
> Where's Mary? She said she **was going to come** early.
> 瑪麗在哪裏?她說她要早點來。

– 根據現在的情況,預測將來,常指不久的將來。

> Watch the milk! It **is going to boil** over!
> 小心!牛奶快煮沸漏出來了。

Sally never does any work; she **is going to fail** her exams.
莎莉一點都不努力，她考試將會不及格的。

如果用 **be** 的過去式（was 或 were），則表示過去的打算或預測。

Judy **was going to meet** me, but she was ill and couldn't come.
朱迪要來看我，但她病了，不能來。

She **was** obviously **going to get** blisters with those new shoes.
很明顯，她穿上那雙新鞋腳就會起水泡。

注意區別：

be going to 通常用於表示說話者將來打算做某事。

will 用於表示當事人說話時所作的決定。

I**'m going to go** to the pictures on Friday; would you like to come?
週五我要去看電影，你想去嗎？
Yes, I**'ll go** if Chris goes.
是的，如果克里斯去，我也會去。

(3) 現在進行時

現在進行時可以表示將來的計劃，或對將來事情作出的具體安排。

The school **is having** a sale next week; I**'m running** the bookstall.
學校下週舉行減價促銷，我將會擺個書攤。

常用於詢問將來的安排。

What **are you doing** on Saturday? 週六你將做甚麼？
— **I'm going** to a football match with Peter.
我要和彼得去看足球比賽。

When **are you leaving**? 你打算甚麼時候離開？
— At the end of term. 這學期末。

如果句中有兩個主動詞，通常在第二個以及其後的主動詞前不重複使用助動詞。

> We **are meeting** at 12.30 p.m., **having** a quick lunch, and **starting** work at 1.15.
> 我們下午 12：30 見面，吃輕便午餐，1：15 開始工作。

(4) 一般現在時

一般現在時也可用於表示時間表或計劃中的事情。

> The train **leaves** Edinburgh at 10.10 a.m. and **arrives** in London at 3.20 p.m.
> 火車上午 10:10 離開愛丁堡，下午 3:20 到達倫敦。
> These are the arrangements for Friday: doors **open** at 7 p.m., the Mayor **arrives** at 7.30 p.m., and the meeting **starts** at 7.45 p.m.
> 週五安排：晚上 7:00 開門；市長 7:30 到達；會議 7:45 開始。

(5) 將來完成時（**will have** ＋ 動詞過去分詞）

這一形式表示將來某一時間將要完成的動作，常與表示結束或完成的動詞連用。

縮略肯定式為 **'ll have** 或 **will've**。

> Can you come round next Saturday? 下週六你能順便過來嗎？
> Yes, **I'll have finished** my exams by then.
> 是的，到那時我考完試了。
> Dad **will've made** dinner by the time we get back.
> 我們回家時，爸爸肯定已經做好晚飯。

縮略否定式為 **won't have**。

> The essay is due on Tuesday, but **I won't have completed** it by then. 週二就該交論文了，但到時候我還沒做完。

在疑問句中,主語置於 **will** 之後。疑問句的縮略回答是 **will**,**will** 後面不要其他成分。

> **Will** you **have finished** dinner by then?
> 到時候你們能吃完晚飯嗎?
> ─ Yes, **we will**. 是的,我們能吃完。

(6) **be** + **about to** + 動詞原形

be + **about to** + 動詞原形,表示即將發生的事情。

> Turn off the gas – the soup **is about to boil** over.
> 關掉煤氣─湯快煮沸漏出來了。
> Come on! The film**'s about to start**!
> 快點!電影要開始了。

be + **just** + **about to** + 動詞原形,表示馬上就要發生的事情。

> Quick, jump in! The train **is (just) about to leave**.
> 快,跳上來!火車就要開了。

be about to 也可用於過去時,表示某人正要做某事時卻被打斷了,常與 **when** 連用。

> They **were (just) about to go** to bed **when** the phone rang.
> 他們剛要去睡覺,這時電話響了來。

(7) 將來進行時

will + **be** + 動詞現在分詞構成將來進行時。

將來進行時是比較非正式的用法,表示某事即將或將要在某個不確定的時間發生。

> I**'ll be seeing** you. 我將要去看你。

We'**ll be getting** in touch with you. 我們將會和你保持聯繫。

They'**ll be wanting** us to clean our own classrooms next!
接下來他們肯定想讓我們打掃自己的課室！

We **won't be seeing** Uncle John while we are in Australia.
我們在澳洲時，不會去拜訪約翰叔叔。

將來進行時還可以表示在將來某個特定的時間裏進行着的動作。

Will you **be working** here next week?
你下週將要在這裏工作嗎？

No, I won't. **I'll be starting** my new job.
不，我不會。我將要開始我的新工作。

Just think! This time next week, we **will be flying** to Sydney.
想想看！下星期的這個時候，我們將在飛往悉尼的途中。

(8) **be to** ＋ 動詞原形

be ＋ **to** ＋ **動詞原形**，在較正式的英語中表示計劃、安排或指示。這個句式表明將要發生的事情是預料之中的事，該用法常見於新聞報導中。

Foreign ministers of the NATO countries **are to meet** in Brussels next week. 北約成員國的外交部長將於下週在布魯塞爾會面。

The President has left for Geneva, where he **is to attend** the meeting.
總統已經動身去日內瓦，他將會參加在那裏舉行的會議。

Active and passive 主動語態和被動語態

Active sentences 主動句

在下面例句中，動詞用了**主動**語態：

The postman delivers hundreds of letters every day.
郵差每天派送幾百封信。

主動句的主語是執行動作的人或物。如果動詞的主語是動作的執行者，則用主動語態。主動語態廣泛用於英語口語和書面語中，因為我們通常須告知聽眾或讀者誰或甚麼是動作的執行者。

He hid the money under the bed. 他將錢藏在牀底下。
The car knocked over a pedestrian. 汽車撞倒了一個行人。
I'm sending the book by express delivery.
我會用速遞寄出這本書。

Passive sentences 被動句

在下面例句中，動詞用了**被動**語態：

Thousands of letters are delivered every day.
每天有數以千計的信件被派送。

被動句中的主語不是執行動作的人或物，而是動作的承受者。

The injured man was helped by a passer-by.
這個受傷的男人被一個過路人救起。
The man was being questioned by the police.
這個男人正在被警方盤問。
The patient was operated on by a team of five surgeons.
由五個外科醫生組成的醫療組正為這個病人做手術。

被動語態由 **be** + 動詞**過去分詞**構成。

● 被動語態可以促使聽者關注説話者所傳遞的重要信息。例如，在 "被動句" 的第一個示例中，沒有提到郵差一詞，因為沒必要知道是誰派送的信。

● 當我們不知道誰是動作的執行者，或沒必要知道誰是動作的執行者時，可用被動語態。有時候知道發生了甚麼比知道是誰做更重要。

> The money **was hidden** under the bed. 錢被藏在牀下。
> The book **is being sent** by express delivery.
> 這本書將由速遞派送。
> An elderly man **was run over** while crossing the road.
> 一個老人過馬路時被撞倒了。
> Roger **has been given** his promotion. 羅傑被升職了。
> The patient **was operated on**. 病人的手術已經做了。

被動語態能夠讓我們關注句子的某些成分，可以用來強調：

– 動作的**執行者**，即誰導致了動作的發生，動作的執行者，用 by 引出。

> The window was broken **by some boys**.
> 窗戶被幾個男孩子打碎了。
> My brother was given extra tuition **by his teacher**.
> 他老師給我哥哥額外的功課輔導。
> The old man was run over **by a careless driver**.
> 老人被一個粗心大意的司機撞倒了。
> The patient was operated on **by a team of top surgeons**.
> 一組頂尖級外科醫生為病人做了手術。

– 使用的**工具**，即導致動作發生的東西或所用的工具，用 by 或 with 引出。

> The sorting is done **by machine**.
> 由機器進行分類。
> The safe was blown open **with dynamite**.
> 保險箱用炸藥炸開了。
> The old man was knocked over **by a bus**.
> 老人被一輛巴士撞倒了。
> I was showered **with presents** on my eighteenth birthday.
> 我在十八歲生日時收到許多禮物。

– 使用的**手段**，即引起動作發生所用的手段，用 by 或 with 引出。

> The window was shattered **by the explosion**.
> 窗戶被爆炸震得粉碎。
> He was exhausted **with the strain of caring for his elderly parents**. 照顧年邁的父母累得他精疲力竭。
> Spelling errors are marked **with a cross in the margin**.
> 在頁邊的空白處用 X 標出拼寫錯誤。
> He was taken to hospital **by ambulance**.
> 他被救護車送到醫院。

The subject of a passive verb 被動句動詞的主語

處於被動句中動詞的主語位置的，是主動句中動詞的賓語。如果一個動詞有兩個賓語（主動句的間接賓語和直接賓語），其中一個賓語在被動句中將成為動詞的主語。

> **I've been offered** a place at university. 我被大學取錄了。
> **We were given** a second chance. 又給了我們一次機會。

如果被動句的動詞之後有間接賓語，須在間接賓語與被動句的動詞之間用 to。

> The building **has been sold to** property developers.
> 這棟樓被賣給了房地產發展商。
>
> The medal **is awarded to** students who have shown academic excellence. 這個獎章頒給學業優秀的學生。

具有上述用法的動詞有：give、offer、lend、promise、sell、tell。

Form of the passive 被動句動詞的構成

被動句的動詞由 **be** ＋ 動詞**過去分詞**構成。在被動語態中，助動詞 **be** 的形式表示時態。

> They **sell** cheap computer games here.
> 他們在這裏出售廉價電腦遊戲。
>
> Cheap computer games **are sold** here. 廉價電腦遊戲這裏有售。
> They **took** him to the police station for questioning.
> 他們帶他到警局問話。
>
> He **was taken** to the police station for questioning.
> 他被帶到警局問話。

● 某些動詞只用於或大多數情況下用於被動語態中，如 be born 和 be deemed。

> The film **was deemed** unsuitable for younger audiences.
> 這部電影被認為不適合較年輕的觀眾觀看。
>
> My brother and I **were born** in Wales.
> 我和我哥哥在威爾士出生。

The impersonal passive 非人稱被動句

所報導的事情被人們普遍理解或接受時，可用這種被動句表示。

The suitcase was found to be empty. 手提箱被發現是空的。
The money is thought to be missing. 錢被認為是被丟失的。
The rumour is believed to be true. 謠言被信以為真。

不想提及報導或傳聞的來源時，可用 **it** ＋ **被動式** ＋ **that** 表示。

It is reported that over a hundred people died in the explosion.
據報導，一百多人在這場爆炸中死亡。
It is said that his income is over £200 a minute. 據說，他的收
入每分鐘超過 200 英鎊。

The passive with get 帶 get 的被動句

在非正式英語中，有時可用 **get** 代替 **be** 構成被動句。

How did that teapot **get broken**? 那個茶壺是怎麼打碎的？
Our cat **got run over** last week. 我們的貓上週被車輾斃。

一般情況下（並非僅指非正式場合），**get** 也可構成表示被動的動詞
短語，如 get dressed、get married、get lost 等。

Harriet **got lost** on the Underground. 哈麗特在地鐵裏迷了路。
When are you two **getting married**? 你們兩人甚麼時候結婚？

The causative passive with have 帶 have 的使役式被動句

使役動詞的用法類似被動語態，其動作的執行者在句中不擔當主
語。這類句式表示主語使（或命令）某人做某事。

We **are having the garage door replaced**.
我們叫了人在換車庫的門。
She **had her hair cut short**. 她去將頭髮剪短了。
They **did not have the carpet cleaned** after all.
他們始終沒將地毯送去清洗。

構成：**have** ＋ 直接實語 ＋ 過去分詞

比較：

Ralph repaired his car = Ralph did the work.

拉爾夫維修了他的汽車 = 車是拉爾夫維修的。

Ralph **had** his car **repaired** = He paid someone else to do the work.

拉爾夫將車維修了 = 他付錢讓別人維修車子。

Finite and non-finite verbs
限定性動詞和非限定性動詞

限定動詞和非限定動詞 **(Finite and non-finite verbs)** 在句子中，通常至少有一個動詞既帶主語又表示時態，這類動詞叫做限定動詞 **(finite verb)**。

> **We want** Charlie to act as club secretary.
> 我們想讓查理擔任俱樂部秘書。
>
> **I like** taking photographs of insects. 我喜歡給昆蟲拍照。
>
> Coming home last night, **I saw** a deer run across the road.
> 我昨晚回家時，看見一隻鹿跑過馬路。

動詞的某些形式被認為是非限定性的。現在分詞、過去分詞和帶 **to** 的動詞不定式是非限定動詞 **(non-finite verb)**（也叫非謂語動詞）的三種常見形式。動詞原形也常以非限定性形式被使用。每個動詞都有限定性和非限定性用法。

● 如果句中動詞與主語連用，並表明時態，該動詞則為限定性動詞。

> **I walked** home. 我步行回家。
>
> **We saw** a deer. 我們看見一隻鹿。
>
> **They appreciate** a little praise now and then.
> 他們對偶爾的一點讚賞表示感謝。

● 如果動詞用於以下情況，則是非限定性的：

– 動詞不表示時態。

> **To open**, tear off the tab. 要打開，請撕掉標籤。

Looking around, he noticed a letter on the floor.

他環顧四周，發現地板上有一封信。

Worn out by the heat, they stopped for a drink.

他們熱壞了，停下來喝上一杯。

– 主語（如果有的話）與動詞在人稱和數上不一致。

That plan failing, he gave up. 計劃失敗了，他便放棄。

Our guests departed, we felt a little depressed.

客人離開了，我們感到有點沮喪。

複合動詞實際上由限定動詞和非限定動詞組成：限定動詞通常是第一個助動詞，非限定動詞是動詞原形或分詞。

在以下例句中，動詞短語的限定性部分用粗正體表示：

I **may** *have been joking* when I **said** that.

我當時這樣說可能是在開玩笑。

Helen **was** *running* around screaming. 海倫邊跑邊叫。

I **had** *been living* in a dream for months.

幾個月來我像活在夢裏。

Olivia **is** *coming* round at 6 o'clock this evening.

奧利維婭今晚 6:00 過來。

動詞的一般現在式和一般過去式都是限定性的。

I **sing**. 我唱歌。

We **tell** stories at night. 我們晚上講故事。

Maya **laughed**. 馬婭笑了。

The shelter **collapsed**. 遮蔽棚倒塌了。

● 非限定性動詞有時直接用於限定性動詞之後。

I **like** *to get up* early at the weekend. 週末我喜歡早起。

Harriet really **dislikes** *cleaning* the cooker.

哈麗特真的不喜歡清洗炊具。

I certainly **wouldn't want** *to see* him again.

我當然不願意再見到他。

We **persuaded** them *to join* us. 我們説服他們加入我們。

名詞或代詞經常置於限定動詞和非限定動詞之間。（見第 128-130 頁）

We **want** Charlie *to act* as club secretary.

我們想查理擔任俱樂部秘書。

She **wanted** him *to wash* his hands in the bathroom.

她想他去浴室洗手。

I don't **like** you *cleaning* your boots over the sink.

我不喜歡你在洗碗槽裏清洗你的靴子。

● 如果名詞或代詞後的第二個動詞是 **–ing** 形式，那麼即使兩個句子相似，但在語法上還是有區別的。以下兩個例句都可接受，但第一個例句可能會產生歧義，第二個例句中的動詞 **–ing** 形式是動名詞。（見第 131 頁）。

She didn't like **him** cleaning his boots over the sink.

她不喜歡他在洗碗槽裏清洗靴子。

She didn't like **his** cleaning his boots over the sink.

她不喜歡他在洗碗槽裏清洗靴子。

The non-finite parts of the verb
動詞的非限定性形式

動詞的非限定性形式不表示數、人稱或時態。常見的非限定性形式：

– 動詞原形
– 現在分詞或 **-ing** 形式
– 過去分詞
– 帶 **to** 的動詞不定式

其他非限定性形式：

– 帶 **to** 的動詞不定式進行式：**to be teaching**
– 帶 **to** 的動詞不定式完成式：**to have taught**
– 帶 **to** 的動詞不定式被動式：**to be taught**

The base form 動詞原形

作為動詞短語其他部分的**基礎形式**，通常被用作動詞短語的非限定成分。動詞原形有時叫做不帶 to 的動詞不定式。

動詞原形的非限定性用法：

– 用在情態動詞之後。

> You must **stop** at the kerb before you cross.
> 過馬路之前你必須先在路邊停下。
>
> He should **think** before he speaks. 他說話之前應該先三思。

– 用在 let's、let 和 make 之後。

> **Let's invite** Annette round for dinner.
> 我們邀請安妮特來吃飯吧。
>
> **Let** the cat **go**! 放開那隻貓！

Make him **stop**! 讓他停下來！

Let him **finish** what he was saying! 讓他説完要説的話！

– 用在 feel、hear、see、watch ＋ 賓語之後。

I **heard** *him* **run** downstairs. 我聽到他跑下樓了。

Later we **saw** *them* **leave** the house.

後來我們看到他們離開了那間屋。

– 用在動詞不定式之後，用 and 連接兩個並列的動詞。

I want you to sit and **listen**. 我想你坐下來聆聽。

Just wait and **see**. 等着瞧。

– 用在 would rather 和 had better 之後。

I would rather **go** out, but I think we had better **stay** home and finish the painting.

我寧願外出，但我想最好我們還是留在家裏完成繪畫。

感官動詞後面既可跟**動詞原形**，又可跟動詞的 **-ing** 形式，但含義是不同的。

感官動詞包括：see、hear、feel、smell、listen to、watch

We watched her **park** the car = we watched the whole event.

我們看着她停好車子 = 我們看到整個停車過程。

We watched her **parking** the car = we may only have seen part of the event.

我們看到她去停車了 = 我們可能只看到停車的那一刻。

I heard a cuckoo **call** = I heard just one call.

我聽到布穀鳥的叫聲 = 我只聽到一聲叫。

We heard the birds **singing** = We heard part of the song of the birds.

我們聽到鳥在歌唱 = 我們聽到鳥在唱歌，但只聽到其中一段。

The to infinitive 帶 to 的動詞不定式

帶 to 的動詞不定式的用法：

– 用在**性質形容詞（adjective of quality**）之後，如 small、tall、agreeable、pleasant、funny，並與 **too** 連用。

> The child was **too small to reach** the switch.
> 孩子個子太小，觸摸不到開關。
> The knife was **too blunt to cut** the string. 刀太鈍，割不斷繩子。

或用在 (**not**) ＋ 性質形容詞 ＋ **enough** 之後。

> The child was **not tall enough to reach** the switch.
> 孩子不夠高，觸摸不到開關。
> The knife was **not sharp enough to cut** the string.
> 刀鋒不夠利，割不斷繩子。
> I was **stupid enough to go** walking in flip flops.
> 我太笨了，竟然穿着拖鞋去散步。

– 用在**情感形容詞（adjective of emotion**）之後，如 angry、happy、sad、sorry、surprised，表示產生情感的原因。

> I'm **glad to see** you. 見到你很高興。
> I'm **sorry to hear** your news. 聽到你這個消息我感到可惜。

– 用在**行為形容詞（behaviour adjective**）之後，如 good、kind、nice、silly、wrong。（有時這類形容詞後加 **of** ＋ 另一個**名詞短語**）。

> It was **good *of you* to come**, and **kind *of Jane* to have sent** those flowers. 你能來太好了，珍還送來了花，真是太好了。
> It was **silly to go** off like that. 就那麼離開真是太傻了。

It was **kind *of you* to ring** me. 你打電話給我,真體貼。

– 用在 WH- 詞之後,如 how、what、where、whether、which、who、whom。

We have no idea **what to get** for Tim's birthday.
我們對為添買甚麼生日禮物毫無頭緒。
I don't know **where to go**. 我不知道該去哪裏。
I can't think **how to do it**. 我想不出該怎麼做。
They were wondering **who to see** first.
他們還在猶豫該先看誰。

– 用在名詞短語之後,如 a good idea、a good thing、a mistake。(有時這類名詞短語之後加 **for** + 另一個**名詞短語**)。

It was **a mistake *for Jim* to buy** that motorbike.
占買那輛摩托車是個錯誤。
It was **a good idea to stop** here. 停在這裏是個好主意。

– 用在形容詞如 easy、difficult、hard、impossible + **for** + **名詞短語**之後。

It has never been **easy *for David* to sit** exams.
對於大衛來説,參加考試從不容易。

– 用在動詞如 ask、wait + **for** + **名詞短語**之後。

They **are waiting *for us* to decide**. 他們正等候我們決定。

● 帶 **to** 的動詞不定式可用在後跟代詞或名詞的動詞之後,表示目的或必要性。

purpose: I brought *it* **to read** on the train = so that I could read it.
表達目的:我帶它上火車去讀 = 為了我可以去讀它。

necessity: There is *work* **to do**! = work that must be done.

表達必要性：有工作要做！ = 必須做的工作。

有時小品詞 **to** 可單獨使用。在縮略回答中，如果意思清楚，特別是動詞的完整形式在前面的句子中出現過，to 可單獨使用。

Did you **meet** Tina? – No, I wanted **to**, but she was ill.

你見蒂娜了嗎？— 沒有，我想見，但她病了。

Are you going to **visit** the museum? – Yes, we hope **to**.

你們要去參觀博物館嗎？— 是的，我們希望去。

The to infinitive and the -ing form
帶 to 的動詞不定式和動詞 -ing 形式

帶 **to** 的動詞不定式和動詞 **-ing** 形式（現在分詞）可用於某些動詞之後。

跟帶 **to** 的動詞不定式的動詞有：agree、arrange、attempt、choose、decide、fail、hope、learn、manage、offer、plan、seem。

> I **agreed to help** Shona with her homework.
> 我同意幫助蕭娜完成功課。
>
> The driver **attempted to remove** the flat tyre.
> 司機嘗試卸掉沒氣的輪胎。
>
> I **hope to see** you again at the next meeting.
> 希望在下次會議上能再次見到你。

後跟**賓語** ＋ 帶 **to** 的動詞不定式的動詞有：advise、allow、command、forbid、force、invite、order、persuade、remind、teach、tell。

> Peter advised Ron **to call the police**. 彼得建議羅恩打電話報警。
> Esther reminded her teacher **to set some revision**.
> 埃絲特提醒她老師給一些複習功課。

既可後跟帶 **to** 的動詞不定式，又可後跟**賓語** ＋ 帶 **to** 的動詞不定式的動詞有：ask、expect、help、intend、like、love、hate、mean、prefer、want、wish。

> I certainly intended **to go** to the party.
> 我當然打算去參加派對。
>
> We really expected **Sally to pass** the exam.
> 我們真的希望莎莉能通過考試。

注意區別：

> I want **to have** a cat = It will be my cat.
> 我想要隻貓 = 牠將是我的貓。
> I want **_her_ to have** a cat = It will be her cat.
> 我想讓她有隻貓 = 牠將是她的貓。
> Dad likes **to wash** the car = Dad washes the car.
> 爸爸喜歡洗車 = 爸爸洗車。
> Dad likes **_John_ to wash** the car = John washes the car.
> 爸爸想約翰去洗車 = 約翰洗車。

後跟動詞 **-ing** 形式的動詞有：avoid、be used to、delay、dislike、escape、finish、forgive、give up、go on、imagine。

> I usually **avoid going** into town late at night.
> 我通常避免深夜入城。
> Miriam **hates peeling** potatoes. 米麗婭姆討厭削馬鈴薯皮。
> Have you **finished reading** that book yet? 你看完那本書了嗎？

● 某些動詞後既可跟帶 **to** 的動詞不定式，也可跟動詞 **-ing** 形式，句子的意思變化不大或沒有變化。這些動詞有：begin、start、cease、continue、intend、like、love、hate、prefer。

> He began **to run** around shouting. 他一邊喊一邊跑了起來。
> He began **running** around shouting. 他一邊喊一邊跑了起來。
> She likes **to swim** in the sea. 她喜歡在海裏游泳。
> She likes **swimming** in the sea. 她喜歡在海裏游泳。
> I can't bear **to see** violence. 我不能忍受目睹暴力行為。
> I can't bear **seeing** violence.
> 我無法容忍面對暴力行為卻視而不見。

● 某些動詞後既可跟帶 **to** 的動詞不定式，也可跟動詞 **-ing** 形式，但句子的意思不同。這些動詞有：try、forget、remember。

I **remembered to switch** the lights off before we went out.
我們走之前我想起了要去關燈。

I **remember switching** the lights off before we went out.
我記得我們走之前關了燈。

She **tried to talk** to him, but his secretary wouldn't put the call through. 她很想找他談，但他秘書不將電話接通。

She **tried talking** to him, but he wouldn't listen.
她試着跟他談，但他不想聽。

用在 go 和 come 等動詞之後，帶 **to** 的動詞不定式表示目的。

She has **gone to do** the shopping. 她出去買東西了。

They **came** here **to learn** English. 他們來這裏學英語。

某些動詞後跟 **-ing** 形式的動詞，強調表示發生了甚麼。**-ing** 形式的動詞可做謂語動詞的賓語。這些動詞有：remember、forget、try。

I definitely **remember *switching the lights off*** before we went out. 我清楚記得我們走之前關了燈。

She **tried *talking to him***, but he wouldn't listen.
她試着跟他談，但他不想聽。

某些固定表達方式（慣用語）可後跟動詞 **-ing** 形式，如：it's not worth 和 it's no fun。

It's **no fun going** out alone.
獨自外出真沒趣。

It's **no use phoning** him; he's gone away.
給他打電話沒用，他已經走了。

It's **worth trying** one more time. 值得再試一次。

The noun phrase 名詞短語

名詞短語可以是一個詞或一組詞，在句中可用作**主語 (subject)**、**賓語 (object)** 或**補語 (complement)**。

> **The manager** interviewed **all the applicants** on Tuesday.
> 星期二經理對所有求職者進行了面試。
>
> **Lydia** was **the successful applicant.** 莉迪婭求職成功了。

有關這些功能的更多信息見第 10-11、233-234 頁。名詞短語一般含有一個名詞或代詞。

名詞短語可以只是一個名詞或代詞。

> **Mary** left late. 瑪麗很晚才離開。
> **She** left late. 她很晚才離開。
> **Cheese** is expensive. 芝士很貴。
> **It** is expensive. 它很貴。

名詞短語也可以包含一個以上的詞。這些詞之中 —— 或名詞或代詞 —— 只有一個是**中心詞 (headword)**，其他詞是用來描述或修飾中心詞的。

> the tall **girl** 高個子女孩
> the very tall **girl** 個子很高的女孩
> a strikingly beautiful **girl** 一個非常漂亮的女孩
> the tall **girl** with green eyes 綠眼睛的高女孩

中心詞前面的詞叫做**前置修飾語 (premodifier)**。下列前置修飾語可修飾名詞：

– 限定詞（見第 160 頁）。

> **the** girl 這個女孩   **that** boy 那個男孩
> **a** spider 一隻蜘蛛   **some** rice 一些米

– 一個或多個形容詞（見第 160-192 頁）。

> **tall** girls 高女孩們
> **tall dark** girls 個子高、膚色黑的女孩們
> **tall dark handsome** men 高大、黝黑、英俊的男人們

– 數詞、名詞、現在分詞或過去分詞。

> **three** days 三天
> the **railway station** buffet 火車站的小賣部
> an **annoying** habit 一個令人討厭的習慣
> an **overworked** man 一個過度工作的人

中心詞後面的詞叫做**後置修飾語 (postmodifier)**。下列後置修飾語可修飾名詞：

– 介詞短語（名詞短語前加介詞）。

> the person **in the corner** 在角落裏的那個人
> the view **across the valley** 山谷對面的風景
> the house **opposite the church** 教堂對面的房子
> creatures **under the sea** 海底生物

– 從句（通常以 who、which 或 that 開頭）。（見第 268 頁）。

> All the women **who had gathered there** finally went away.
> 所有聚集在那裏的女人最後都走了。

> Milk **that has been kept too long** can go sour.
> 保存太久的牛奶會變酸。

– 某些不常用的形容詞（見第 160 頁）。

> the princess **royal** 大公主
> the president **elect** 當選總統

● 人稱代詞很少被前置修飾或後置修飾（見第 205 頁）。

> **Silly** me. 傻氣的我。
> **Poor old** you. 可憐的你。

Types of noun 名詞的類型

根據名詞所指代的物體，名詞可作如下分類：

● 表示名稱的名詞叫做**專有名詞 (proper noun)**。專有名詞通常指有專門名稱的人或物，包括：

－ 具體的人物名稱。

Anna Dickinson 安娜‧迪金森　　John Lennon 約翰‧連儂
Lucy White 露茜‧懷特　　　　　Mrs Merton 默頓夫人

－ 地理詞彙。

Spain 西班牙　　　　　　　　Mount Everest 珠穆朗瑪峰
China 中國　　　　　　　　　England 英格蘭
The Thames 泰晤士河　　　　Paris 巴黎
Covent Garden 科芬園　　　　Balcombe Road 鮑爾科姆路

－ 星期、月份、教會節日。

Thursday 星期四　　　　　　June 六月
Christmas 聖誕節　　　　　　Easter 復活節

－ 專利商品和商標名。

Hoover 胡佛　　　　　　　　Persil 寶瑩
Jaguar 美洲虎　　　　　　　Samsung 三星

－ 報紙和雜誌名稱。

The Times《泰晤士報》　　　*Vogue*《時尚》
The New Scientist《新科學家》　*Time Out*《消費導刊》

－ 商店、電影院、劇院、建築物。

The Odeon 音樂廳

Next 預見未來

The Royal Mews 皇家馬廄

Abbey National 阿比國民銀行

– 頭銜。

Doctor Johnson 約翰遜醫生

Sir George Hardie 喬治・哈迪閣下

Professor James 詹士教授

President Sarkozy 薩科齊總統

頭銜通常置於人名之前。專有名詞和頭銜的首字母須大寫。

● 其他用來表示人或事物的名詞叫做**普通名詞 (common noun)**。

I put the **tennis balls** in that **basket** there.

我把網球放進那邊的筐裏。

My **brother** and **sister** visited my **mother**.

我的弟弟和妹妹探望了我的媽媽。

The **anger** that John felt was overwhelming. 約翰感到十分生氣。

根據含義，普通名詞還可分為以下幾類：

抽象名詞 (abstract noun)，指的是無形的事物。

honesty 誠實

anger 憤怒

idea 想法

time 時間

ugliness 醜陋

behaviour 行為

具體名詞 (concrete noun)，指的是有形的事物。

pig 豬

granite 花崗岩

table 桌子

butcher 屠夫

brother 兄弟

sugar 糖

具體名詞可以指有生命的東西（**有生命名詞 animate noun**）或者物體（**無生命名詞 inanimate noun**）。

集體名詞 (collective noun)，指的是人或動物的總稱。

> a **herd** of cows 一群牛
> a **swarm** of bees 一群蜜蜂

根據那些與名詞連用的詞，名詞可做以下分類：

– 是否能够表明是**單數 (singular number)** 還是**複數 (plural number)** 的名詞。

– 可以用在同一名詞短語中的其他詞。

據此可區別**可數名詞 (countable noun)** 和**不可數名詞 (uncountable noun)**。

可數名詞是指那些可數的事物，如一隻貓，兩隻貓，十七隻貓等等。單數和複數形式由拼寫表明。如果可數名詞為單數時，須與限定詞連用。

> **Dogs** ran wild in the streets. 狗在大街上亂跑。
> **The dog** is loose again. 這隻狗又被放開了。
> Fetch **a chair** for Maddy, will you? 請給馬迪拿一張椅子好嗎？
> We've bought **six new chairs**. 我們買了六張新椅子。

不可數名詞指的是：

– 一般情況下不可計數的事物。

> John asked me for some **advice**.
> 約翰要求我給出一些建議。
> Anna gave us some more **information** about her **work**.
> 安娜又給了我們一些有關她工作的信息。

Homework occupied much of Sonia's evening.
索尼婭晚上大部分時間都在做功課。

– 性質或抽象概念。

Our **knowledge** of outer **space** is increasing daily.
我們對外太空的認識日漸加深。

Trevor gave **evidence** at the trial. 特雷弗在審訊時出示了證據。

Anger is a normal human emotion.
憤怒是一種正常的人類情感。

不可數名詞通常沒有複數形式，後面接動詞單數，通常不與不定冠詞連用（不能説 an advice 或 a money）。需要表示不可數名詞的數量時，可與**表示部分的名詞**連用。（見第 141 頁）

He bought seven **sheets of** cardboard. 他買了七張紙板。

Let me give you **a piece of** advice. 讓我給你一個建議。

最常見的不可數名詞有：advice、anger、beauty、behaviour、conduct、despair、evidence、furniture、happiness、homework、information、safety、knowledge、leisure、money、news、progress、research、jumble

● 動名詞 (verbal noun)（見第 158 頁）由動詞的現在分詞構成，也可用作不可數名詞。

Why don't you try **walking** to work? 何不試着步行去上班？

Brian was told to stop **smoking**. 布萊恩被告知不要吸煙。

The **ringing** in his ears continued. 鈴聲在他的耳邊不斷地響着。

注意：英語中的不可數名詞在其他語言中可能是可數名詞。見第 142 頁。

Mass nouns 物質名詞

物質名詞所代表的物體可以分割或度量,但不可計數,如 sugar、water 等。這些詞前面不能加不定冠詞。

> **Meat** is usually more expensive than **cheese.** 肉通常比芝士貴。
> **Sugar** is quite cheap. 糖很便宜。

物質名詞只在特殊情況下才有複數形式。表示以下含義時,它們是可數的:

– 一種或幾種不同類型的物質。

> There was a buffet of bread and rolls, cheese, **cold meats** and tea or coffee. 自助餐有麵包、麵包捲、芝士、冷切肉、茶或咖啡。
> Ros brought out a tempting selection of **French cheeses**.
> 羅斯帶來了誘人的法式芝士精品。
> **The principal sugars** are glucose, sucrose, and fructose.
> 糖的主要種類有葡萄糖、蔗糖和果糖。

– 提供的食品。

> **Two teas**, please. 請來兩杯茶。
> He went up to the bar and ordered **two lagers**.
> 他去酒吧要了兩瓶窖藏啤酒。

● 物質名詞常與部分名詞(也叫單位詞)連用。

> There are only **two pieces of furniture** in the room.
> 房間裏只有兩件傢具。
> There are **three portions of meat** in this special pack.
> 這個特殊的背包內有三份肉。
> **Five pints of lager**, please.
> 請來五品脱窖藏啤酒。

Partitive nouns 部分名詞

部分名詞後面通常跟 of，可用來表示物質名詞的一部分，或者表示不可數名詞以及物質名詞的量。特別是表示：

－ 物質名詞的量度和數量。

> three **pieces** of toast 三片多士
>
> a **slice** of cheese 一片芝士
>
> a **bit** of fluff 一點絨毛
>
> two **spoonfuls** of sugar 兩勺糖

－ 不可數名詞的件數。

> Two **pieces** of furniture needed major repairs.
> 兩件傢具需進行大修。
>
> We needed several **lengths** of string. 我們需要幾段繩子。

－ 可數名詞的集合。

> The road was blocked by a **flock** of sheep. 這路被一群羊堵住了。
>
> He has a small **herd** of dairy cows. 他有一小群奶牛。
>
> There was a **crowd** of football supporters on the bus.
> 巴士上有一群足球迷。
>
> A **couple** of cats were fighting. 幾隻貓正在打鬥。

許多集體名詞可用作表示部分的名詞。(見第 138 頁)

Nouns that have both countable and uncountable uses
兼有可數和不可數用法的名詞

大部分名詞不是可數名詞就是不可數名詞。有些名詞既可用作可數名詞，又可用作不可數名詞，但意思有所不同。比如 time、light、history、space、laugh、grocery 等，這些詞的意思不止一種。

Time passed slowly. 時間慢慢地流逝。

She did it four **times**. 她做了四遍。

Light travels faster than sound. 光比聲音傳播得快。

The **lights** in this room are too bright. 這個房間的燈太亮了。

The rocket was launched into **space**. 火箭發射到太空了。

There are plenty of empty **spaces** on the shelves.
架子上很多地方是空着的。

有些名詞在其他語言中是可數名詞，但在英語中只能用作不可數名詞，如 information、advice 等。

He received all the necessary **information**.
他收到了所有必要的資料。

I don't need your **help**. 我不需要你的幫助。

有些名詞只有複數形式，如 trousers、clothes、jeans 等。表示一件這類物品時，須與 of 和部分名詞一起連用。

These **trousers** need cleaning. 這些褲子需要清洗。

Put the **scissors** back when you have finished with them.
用完後將剪刀放回去。

I need *a pair of* **pliers**. 我需要一把鉗子。

Liz gathered up *a bundle of* **clothes**. 莉茲收拾好一包衣服。

Gender of nouns 名詞的性

在某些語言中，名詞有**性 (gender)**。這意味着根據某些規則，名詞可引起諸如形容詞等其他詞的拼寫變化。**語法上的性 (grammatical gender)** 與生物上的性 (biological gender) 沒有甚麼關係。英語中的名詞沒有語法上的性。

但是，人或事物在生物上的性確實影響着英語語法的某些方面。

a cow… **she** or **it**　　　　　a bull… **he** or **it**

a girl… **she**　　　　　　　　a boy… **he**

性的區分與人稱代詞 (personal pronoun)（見第 205 頁）和物主限定詞 (possessive determiner)（見第 160 頁）有關。這些區別只會在**單數**名詞中顯現。

> **He** found **his book**. 他找到他的書了。
>
> **He** had been looking for **it**. 他一直在找它。
>
> **She** found **her book**. 她找到她的書了。
>
> **She** had been looking for **it**. 她一直在找它。

也有特殊情況，比如人們習慣把嬰兒和小動物歸為中性，把交通工具歸為陰性。

> I just saw a **mouse**. **It** was running across the room.
> 我剛看見一隻老鼠。牠正穿過房間。
>
> The **spider** was spinning **its web**. 蜘蛛正在結網。
>
> The **beetle** crawled into **its hole**. 甲殼蟲爬進牠的洞穴。
>
> **The baby** threw down **its** rattle. 嬰兒扔下了他的撥浪鼓。
>
> I've got a new boat; **she's** a real beauty. 我買了艘新船，她真漂亮。

表示男性或雄性動物的名詞屬於**陽性 (masculine)**，與代詞和物主限定詞 he、him、his 連用。

表示女性或雌性動物的名詞屬於**陰性 (feminine)**，與代詞和物主限定詞 she、her、hers 連用。

> Barry saw Linda. **He** called out to **her** that **he** had found **her** book.
> 巴里看到琳達，大聲地告訴她他已經找到她的書了，
> Marcia saw Paul. **She** called out to **him** that **she** had found **his** book. 馬西婭看到保羅，大聲地告訴他她已經找到他的書了。
> Madeleine saw Kim. **She** said 'Hello' to **her**. 馬德琳看見金，她跟她打了個招呼。

代詞 it 和物主限定詞 its 常用來指代通性或**中性名詞 (common or neuter nouns)**。

> **The truth** will emerge. **It** always does. 真相必將浮現。這是事實。

表示無生命和抽象概念的名詞也屬於中性。

- 有些表示人的名詞，無論是男性還是女性，一律採用同一種形式。這種情況會發生在表示團體的名詞上（如政府或團隊），無論這個團體完全由女性或男性組成，都屬於**通性**或**中性**。

> The **government** has changed **its** policy. 政府已經改變了政策。
> The **team** has won **its** first medal at a major championship.
> 這個隊在重大錦標賽上贏得了第一枚獎牌。

對於通性名詞，如果知道足夠的資訊，則可以確定其屬性。但如果不知道的話，選擇其代詞或物主限定詞就會是個問題。

> a driver…he/she
> the cook…he/she
> doctor…he/she

為了避免這一問題，在非正式的英語口語中，their 有時用來回指前面出現過的單數名詞或不定代詞。（見第 204 頁）許多人認為這在語法上是不能接受的，但是這樣做可以避免重複使用 his, her 或 him, her。

Each **student** must apply to **his or her** tutor for an extension.
每個學生必須向他或她的指導教師申請延期。

Everyone must apply to **their** tutor for an extension.
每個人必須向他們的指導教師申請延期。

Someone has left **their** coat in my room.
有人將外套遺留在我房間了。

有些表示雄性、雌性或中性動物的專門詞彙可用來區分不同性別。

horse 馬	mare 母馬	stallion 公馬	gelding 騸馬
–	cow 母牛	bull 公牛	steer 閹牛
sheep 羊	ewe 母羊	ram 公羊	–

表示親屬關係的名詞也有性別之分。

parent 父母	mother 媽媽	father 爸爸
child 孩子	daughter 女兒	son 兒子

● 許多表示職業的名詞沒有性別之分。

engineer 工程師	doctor 醫生	programmer 程式員
mechanic 機器修理技工	lawyer 律師	driver 司機

某些職業名詞有專門指女性的詞彙。

Call your bank **manager** today. 今天給你的銀行經理打電話。

Sue is **manageress** of a hairdressing salon.
蘇是一家髮廊的女經理。

Authors from all over the UK attended the ceremony.
來自英國各地的作家參加了典禮。

Here in the studio to talk about her new book is **authoress**
Mary Farrell. 女作家瑪麗‧法雷爾此時在演播室談論她的新書。

許多人則避免採用這些形式，認為沒必要區分性別。

J.K. Rowling is a highly successful **author**.

J•K• 羅琳是一名非常成功的作家。

Judi Dench is one of our finest **actors**.

朱迪‧登奇是我們最出色的演員之一。

Michelle Stewart has been promoted to Branch **Manager**.

米歇爾‧司徒被提升為分公司經理。

有些人説話時寧願換一種詞的不同形式或另擇一個同義詞,以避免名詞的性別標籤。

the chair**man**	the chair**person**	the **chair**
主席(男性)	主席(中性)	主席(中性)

必要時,普通名詞的性可通過添加描述性的詞如 woman 或 male/female 來顯示。

Would you prefer to see **a woman doctor**?

你想找女醫生看病嗎?

Male staff should use locker room B.

男職員應該用更衣室 B。

有時用陰性指代國家,特別是從感情、經濟或政治的角度去談論一個國家。

Poland has made steady progress restructuring **her** economy.

波蘭在重建經濟方面穩步前進。

Showing possession through nouns 名詞的所有格

所有關係 **(possession)** 的表現方式有兩種：

> The **man** was mending his **car**.
> 這個男子正在修理自己的車。
> The **car** was being mended by a **man**.
> 一個男子正在修理這輛車。

– 在單數名詞後或不以 **-s** 結尾的不規則複數名詞後加 **-'s**。

one dog	one boy	several children
一隻狗	一個男孩	幾個孩子
the **dog's** bones	the **boy's** books	the **children's** toys
狗的骨頭	這個男孩的書	孩子們的玩具

– 在以 **-s** 結尾的複數名詞後加 **-'**。

more than one dog	the **dogs'** bones
不止一隻狗	這些狗的骨頭
more than one boy	the **boys'** books
不止一個男孩	這些男孩的書

of 短語（**of** ＋ 名詞）也可以表示所有關係。

the side **of the ship**	the end **of the queue**
船的一側	排隊的末尾

of 短語並不是所有格 **-'s** 的另一種表達方式。

可以說 the **boy's** pencil（這個男孩的鉛筆），但不能說 the pencil of the boy。

名詞所有格 -'s 通常與有生命名詞（人或動物）和時間短語連用。

the **driver's** foot
司機的腳

the **dog's** nose
狗的鼻子

today's newspaper
今天的報紙

a **week's** holiday
一週的假期

of 短語通常與無生命名詞（物體）和抽象概念連用。

the leg **of the table**
桌子腿

the arm **of the sofa**
梳化扶手

the wheel **of the car**
汽車輪子

the foot **of the bed**
牀腳

the world **of ideas**
思想的世界

the power **of thought**
思想的力量

所有格的用法：

－ 表示所有權。

the **boy's** books
這個男孩的書

the **dog's** blanket
這條狗的毯子

－ 表示與某人的關係。

her **parents'** consent
她父母的贊同

the **student's** letter
學生的信

a **women's** club
婦女俱樂部

the **children's** park
兒童公園

－ 表示某人工作或生活的地方。

a **grocer's** 雜貨店

the **butcher's** 肉店

a **solicitor's** 律師事務所

my **aunt's** 我姨媽家

– 表示某物是整體的一部分。

> the leg **of the table** 桌子腿　　　the **dog's** nose 狗的鼻子
> the wheel **of the car** 汽車輪子　　the **girl's** shoulder 女孩的肩膀

– 做名詞的前置修飾語（限定詞的一種）（見第 160 頁）。

> **writer's** cramp 書寫痙攣症　　　A **Winter's** Tale 一個冬天的故事

所有格的構成：

– 在大多數單數名詞之後加 **-'s**。

> a **girl's** ring 一個女孩的戒指　　a **cat's** face 一張貓的臉

– 在大多數以 **-s** 結尾的複數名詞之後加 **-'**。

> the **boys'** football 男孩們的足球
> five young **girls'** faces 五張少女的臉

例外情況：

– 如果單數普通名詞以 **-s** 結尾，則在其複數後加 **-'s** 或 **-'**。

> a cactus 仙人掌　　　　the **cactus'** spines 仙人掌的刺
> 　　　　　　　　　　　the **cactus's** habitat 仙人掌的生長環境

– 在不以 **-s** 結尾的複數名詞（如以 **-en** 結尾的複數名詞）之後，直接加 **-'s**。

> **children's** 孩子們的　　　　**men's** 男人們的

– 如果專有名詞和普通名詞以 **-s** 結尾，則在其單數後加 **-'s**，如果其基礎詞的詞尾發音為 [-iz]，則直接加 **-'**。

> Mrs **Evans's** car　　　　Mr **Jones's** fence
> 埃文斯太太的汽車　　　　鍾斯先生的劍術

Keats's poetry   the **Bates's** cat
濟慈的詩   貝茨的貓
I like **Dickens's** novels. 我喜歡狄更斯的小説。
Peter **Bridges'** car 彼得・布里奇斯的汽車

特殊情況：— 如果是複合名詞（見第 151 頁），則將 **-'s** 或 **-'** 放在複合名詞的詞尾。

my mother-in-law   my **mother-in-law's** car
我的岳母   我岳母的汽車
the runner-up   the **runner-up's** trophy
亞軍   亞軍獎盃
the fire-fighters   the **fire-fighters'** efforts
消防員   消防員的努力

如果是描述某人的角色或職業的名詞短語，將 **-'s** 加在短語的中心詞的詞尾。

a stock market analyst's annual income
股票市場分析師的年收入

the senior hospital consultant's weekly visit
醫院資深顧問的每週出診

如果是 "of 結構"，則將 **-'s** 或 **-'** 放到 of 之後的名詞上。

the President of Austria's official car
奧地利總統的公務車

the director of marketing's personal assistant
營銷部主管的私人助理

Compound nouns 複合名詞

複合名詞很常見，它是由兩個或多個詞構成的名詞，其中主要名詞通常置於最後。

tea**pot** 茶壺   head**ache** 頭痛

washing **machine** 洗衣機   driving **licence** 駕駛執照

self-**control** 自我控制   CD **burner**　CD 燒錄機

複合名詞的構成：

– 名詞 + 名詞

– 動詞 + 名詞

– 形容詞 + 名詞

– 短語動詞用作名詞

– 小品詞 + 名詞

名詞 + 名詞：	**boyfriend** 男朋友	**skinhead** 光頭
動詞 + 名詞：	**breakfast** 早餐	**grindstone** 磨石
形容詞 + 名詞：	**software** 軟件	**hardware** 硬件
短語動詞用作名詞：	**a break-in** 闖入	**a take-over** 接管
小品詞 + 名詞：	**onlooker** 旁觀者	**aftershave** 鬚後水

小品詞 (particle) 包括副詞和介詞。

複合名詞的書寫方式：

– 合起來寫成一個詞。

　bookcase 書櫃　　　　　　　wallpaper 牆紙
　birdcage 鳥籠　　　　　　　snowflake 雪花

– 分開寫成兩個詞。

　post office 郵局　　　　　　fire engine 消防車
　eye shadow 眼影　　　　　　cough sweets 止咳糖

– 用連字符將兩個詞連在一起。

　window-cleaner 窗戶清潔器　　air-conditioning 空調
　lamp-post 燈柱　　　　　　　tee-shirt T 恤衫

關於複合名詞的書寫方式，可以在詞典上查到。通常複合詞的寫法不止一種，如 drop down menu（下拉功能表）、drop-down menu 和 dropdown menu 都是可接受的形式。

Nouns as modifiers 名詞做修飾語

複合名詞 girlfriend 是 friend 的一類。名詞也可用作**修飾語**，不需要形成複合名詞。

　a **concrete** slab　　　　　old **oak** beams
　一塊混凝土板　　　　　　　舊橡木橫樑
　a **car** mechanic　　　　　a **store** manager
　一名汽車修理技工　　　　　一個商店經理

名詞做修飾語所起的作用與形容詞一樣。第一個名詞通常使第二個名詞的意思更具體，但我們並不認為它能夠形成新的複合詞。（關於修飾語的用法見第 189 頁）

Number in nouns 名詞的數

單數 (singular number) 名詞表示一個人或事物。

複數 (plural number) 名詞表示一個以上的人或事物。

可數名詞 (countable noun) 既有單數形式也有複數形式。

不可數名詞 (uncountable noun) 和物質名詞 **(mass noun)** 通常沒有複數形式。（關於名詞的類型見第 136 頁）

英語名詞的規則複數形式是在詞尾加 **-s**。

　　cat 貓（單數形式）　　cats（複數形式）

規則複數形式的特殊情況如下：

單數名詞結尾	複數名詞結尾
-s, -ss, -ch, -x, -zz focus 焦點 princess 公主 church 教堂 box 盒子 buzz 嗡嗡聲	**-es** focuses princesses churches boxes buzzes
-o hero 英雄 piano 鋼琴 potato 馬鈴薯	**-s** 或 **-es** heroes pianos potatoes
輔音 + **y** baby 嬰兒 hobby 愛好	**-ies** babies hobbies
母音 + **y** key 鑰匙 ray 射線	**-s** keys rays

單數名詞結尾	複數名詞結尾
-f hoof 蹄 dwarf 侏儒 thief 小偷 roof 屋頂	**-s** 或 **-ves** hoofs 或 hooves dwarfs 或 dwarves thieves roofs
-fe knife 小刀 life 生命	**-ves** knives lives

Irregular plurals 不規則複數形式

有些名詞有兩種複數形式。

單數	複數
fish	fish 或 fishes

有些名詞單複數同形。

單數	複數
a sheep	ten sheep
a deer	seven deer

有些名詞變換母音字母構成複數形式。

單數	複數
man	men
woman	women
foot	feet
mouse	mice

有些名詞詞尾加 **-en** 構成複數形式。

單數	複數
child	children
ox	oxen

要了解更多關於名詞複數的不規則形式，可以查詞典。如果詞典中沒有給出你所要查的那個詞的複數形式，則可以認為該名詞的複數形式是規則的。

複合名詞 (compound nouns) 的複數形式是在複合名詞最後一個詞的詞尾加 **-s**。

a games console	three games consoles
運動會控制台	三個運動會控制台
a bookcase	two bookcases
一個書櫃	兩個書櫃
an Indian take-away	two Indian take-aways
一份印度外賣	兩份印度外賣

但也有一些例外：

由名詞和副詞構成的複合名詞的複數形式是在名詞後加 -s。

a passer-by 一個行人	several **passers-by** 幾個行人

由 woman 與另一名詞構成的複合名詞，其複數形式是兩個名詞都要變為複數。

a woman doctor	several **women** doctors
一個女醫生	幾個女醫生
a woman driver	most **women** drivers
一個女司機	多數女司機

以 **-ful** 結尾的複合詞常在 **-ful** 後加 **-s**，也可在基礎名詞詞根後加 -s。

a cupful 一滿杯   three **cupfuls/cupsful** 三滿杯
a spoonful 一匙   two **spoonfuls/spoonsful** 兩匙

Plural nouns with singular reference
以複數形式出現但有單數含義的名詞

有些名詞如 trousers、binoculars 和 tongs 等，這類由兩個相同的部分組成的表示衣服或工具的詞，被看作是複數名詞，因此其後面的動詞也用複數形式。

My shorts **are** dirty. 我的短褲髒了。
The scissors **are** on the table. 剪刀在桌子上。

若要表示上述雜物中的某一件，可用 a pair of。

John bought **a pair of jeans**. 約翰買了一條牛仔褲。

表示上述什物中的許多件，可用 pairs of。

Martina bought **five pairs of tights.** 馬丁娜買了五件緊身衣。

● 但像 dozen 和 million 這樣表示數量的詞，如果視其為普通名詞，則沒有複數形式。

nine million stars   900 萬顆星星
two dozen glasses   24 副眼鏡

如果上述表示數量的詞泛指數量巨大，則有複數形式，此時可視其為量詞。

There are **millions** of pebbles on the beach.
沙灘上有數百萬的卵石。

I saw **dozens** of children in the playground.

我看見操場上有許多孩子。

Foreign plurals 外來詞的複數形式

英語外來名詞複數的構成：

– 保留在外來語中的複數形式。

an axis 一個軸　　　　　two axes 兩個軸

a crisis 一次危機　　　　two crises 兩次危機

– 根據英語名詞的複數規則構成複數形式。

a thesaurus　　　　　　several thesauruses

一本同義詞詞典　　　　幾本同義詞詞典 (而不是 thesauri)

– 總之，外來詞有兩種複數形式：一種是保留外來語原有的複數形式；另一種是根據英語名詞複數規則而形成的複數形式。外來語的原有複數形式主要用於科技和專業文體中。

an index 一項指數　　　some indexes/indices 一些指數

a formula 一個公式　　　some formulas/formulae 一些公式

Verbal nouns 動名詞

動名詞就是動詞的 -ing 形式，即動詞現在分詞形式被用作名詞。凡是可用名詞的地方都可使用動名詞，但動名詞具有動詞的特徵。動名詞叫做 **verbal noun**，有時也叫 **gerund**。

> The **screaming** of the brakes terrified me.
> 剎車尖利的聲音嚇了我一跳。
>
> **Smoking** is prohibited. 禁止吸煙。

如上例所示，通常動名詞用作不可數名詞。但有些動名詞前可加不定冠詞或用作複數形式。

> He gave **a reading** from his latest volume of poetry.
> 他朗誦了一段他最近出版的詩集。
>
> The **takings** were down this week in the shop.
> 這週商店的營業收入下降了。

動名詞前可加定冠詞、形容詞或物主限定詞。

> Her marvellous **singing** won Helen the scholarship.
> 海倫美妙的歌聲為她贏得了獎學金。

像名詞一樣，動名詞可以：

– 做主語。

> **Driving** was impossible. 開車是不可能的。

– 做動詞 be 的補語。

> Seeing is **believing**. 百聞不如一見。
> His greatest pleasure is **working**. 他最大的快樂就是工作。

– 做某些動詞的賓語。（見第 131 頁）

> Louisa likes **swimming** but Helen prefers **diving**.
> 路易莎喜歡游泳，但海倫更喜歡跳水。

– 用在**介詞**後構成介詞短語。

Can you watch them **without laughing**? 你看着他們能不笑嗎？

動名詞還可用於：

– 某些短語動詞之後，如 be for/against、give up、keep on、look forward to、put off。

> She was all for **leaving** immediately. 她已經準備好立即動身。
> Linda gave up **swimming** but she kept on **dieting**.
> 琳達放棄了游泳，但她還堅持節食。
> They were looking forward to **writing** home.
> 他們盼望給家裏寫信。

– 某些固定表達方式之後，如 can't stand、can't help、it's no use/good（是無用的）。

> I can't stand **waiting** around. 我不能忍受只是等着。
> I can't help **getting** cross. 我不禁發起脾氣來。
> It's no use **crying** over spilt milk. 覆水難收。

尤其在正式英語中，**物主限定詞**可與動名詞連用。

> Anna left the house without **my knowing**.
> 安娜在我不知情的情況下離開了房子。

● 動名詞也有：

– 完成式：**having…ed**。

> Martin was accused of **having cheated**. 馬丁被指控作弊。

– 被動式：**being…ed**。

> **Being asked** did not bother me. 我並不介意有人找我幫忙。

– 完成被動式：**having been…ed**。

> The car showed no sign of **having been touched**.
> 這輛車沒有被撞的跡象。

Determiners 限定詞

限定詞使名詞的指稱更加具體。例如，說話者說 **this car**（這輛車），很明顯，他指的是靠近他的那輛車。如果說話者說 **my car**（我的車），他指的是他所擁有的那輛車。

根據意義、詞語搭配以及在名詞短語中出現的位置，限定詞可以分為以下八類：

- 不定冠詞（the indefinite articles）**a, an**。（見第 163 頁）

    A man came into the shop.
    有個男人進了商店。
    An honest person would return the car to the owner.
    誠實的人會把車還給車主。

- 定冠詞（the definite article）**the**。（見第 165 頁）

    The dog chased **the** rabbit. 狗追兔子。

- 指示限定詞（the demonstratives）**this**、**that**、**these**、**those**。（見第 170 頁）

    This book is better than **that** one.
    這本書比那本書好。
    These apples are redder than **those** ones.
    這些蘋果比那些蘋果紅。

- 物主限定詞（the possessives）**my**、**your**、**his**、**her**、**its**、**our**、**their**。（見第 171 頁）

    I gave **my** share to **her** sister. 我將我的那份給了她妹妹。
    Shona found **his** book in **her** car. 蕭娜在她車裏找到他的書。

– 量詞 (the quantifiers) **some、any、enough、no、all、both、half、double、several、much、many、more、most、few、fewer、fewest、a few、little、less、least、a little**。(見第 173-179 頁)

> I've got **some** coffee but I haven't got **any** sugar.
>
> 我有咖啡,但沒有糖。
>
> Have you got **much** money on you? 你帶的錢多嗎?
>
> There were **no** witnesses to the accident. 這次事故沒有目擊者。
>
> **Both** girls saw the attack. 兩個女孩都目睹了這次襲擊。
>
> **Few** people know the answer to that.
>
> 很少人知道那個問題的答案。
>
> The safety net gives **little** help to those who need it most.
>
> 安全網幫不了那些最需要幫助的人。

– 數詞 (the numbers),包括基數詞 (cardinal numbers: **one, two, three...**) 和序數詞 (ordinal numbers: **first, second, third...**)。(見第 178 頁)

> There's **one** thing I need to ask you. 我有件事要問你。
>
> The **two** boys grew up together in Manhattan.
>
> 這兩個男孩在曼克頓一起長大。
>
> **Three** men were found hiding in the building.
>
> 三個男人被發現躲藏在大樓裏。
>
> Their **second** child is due in October.
>
> 他們第二個孩子十月份就要出生了。
>
> She lost in the **third** round of the tournament.
>
> 她在比賽的第三輪輸了。

– 分配詞 (the distributives) **each、every、either、neither**。(見第 180 頁)

Each child received a book. 每個孩子都收到了一本書。

Every girl was given a number to wear.

每個女孩都分配到一個號碼佩戴。

Either book should help you with the problem.

兩本書隨便哪一本都可以幫你解決問題。

– 感歎詞（the exclamatives）**what**、**such**。（見第 182 頁）

What nonsense! 胡說八道！

What a shame! 真遺憾！

They make **such** a fuss over small things! 他們真是小題大做！

一般情況下，一個名詞短語要麼不帶限定詞，要麼只帶一個限定詞。有些限定詞，如 **all**、**both** 或數詞，可與另一限定詞連用。（見第 160 頁）

The indefinite article **不定冠詞**

不定冠詞包括 **a**、**an**。**an** 用在以元音開頭的詞之前。

a girl 一個女孩	**a** cat 一隻貓
an eight-year-old girl	**an** engineer
一個八歲女孩	一名工程師

不定冠詞與可數名詞的單數形式連用時：

– 指在對話或寫作中首次提及的人或物。

A man was seen driving away in **a** black car.
一名男子被發現開着一輛黑色轎車離開了。

– 指不想具體指明的人或物。

I stopped off at **a** shop to buy **a** newspaper.
我停在一家商店門口買了份報紙。

You go past **a** petrol station on the left, and then you'll see our house on the right.
你經過左邊的一個加油站，然後就會在右邊看到我們的房子。

– 指由於無足夠資料而不能具體説明的人或物。

A man called to see you this afternoon.
一個男人打電話來説今天下午來見你。

There was **a** telephone call for you a minute ago.
一分鐘前有人打電話找你。

– 用於給出定義。

An octopus is **a** sea creature with eight tentacles.
章魚是有八根觸角的海洋生物。

– 指某人的職業。

Her father is **a** dentist and her mother is **a** teacher.
她爸爸是牙醫，媽媽是教師。

- 表示數量；如果想強調只有一個，須在單數名詞前用 one。在複
  數名詞前用 como 或不用限定詞。（見第 160 頁）

I want **a** needle and **a** thimble. 我想要一根針和一個頂針。
Would you like **a** glass of wine? 你要來杯酒嗎？
There is only **one** glass of wine left in the bottle.
瓶子裏只剩下一杯酒了。
Guy has bought **a** skateboard. 蓋伊買了塊滑板。
We've got three pairs of rollerblades and **one** skateboard.
我們買了三雙旱冰鞋和一塊滑板。

甚麼時候用 **an**，由讀音而不是由拼寫來決定。例如 unique 以元音
字母開頭，但是開頭的讀音類似於 -y 音。又如：

an idiot   **an** awful mistake
一個白癡   一個可怕的錯誤
a unicorn   **a** unique experience
一隻獨角獸   一次獨特的經歷

> 有些詞以不發音的 h 開頭，前面應該用 **an**：heir、heiress、
> honest、honour、hour。

● 在非常正式或舊式英語中，在以發音 **h-** 開頭的某些詞前也用
  an，如 historical、hotel 等。

I waited **an** hour. 我等了一小時。
They joined **a** historical society.
They joined **an** historical society.（舊式英語）
他們加入了一個歷史協會。
They were staying at **a** hotel.
They were staying at **an** hotel.（舊式英語）他們住在一家酒店。

The definite article 定冠詞

定冠詞指 **the**。

定冠詞 the 可與單數名詞或複數名詞連用，也可與可數名詞或不可數名詞連用，具體用法是：

– 特指上文提到過的人或物。

> There's **the** man I was telling you about !
> 這就是我向你提起過的那個人！

– 指對話雙方都熟悉的人或物。下面第一個例句裏，the children 是我們的孩子，the swimming pool 是我們常去的那個泳池。

> Let's take **the** children to **the** swimming pool.
> 讓我們帶孩子去泳池吧。

> Did you switch **the** heating on? 你開暖氣了嗎？
> There were drinks in **the** fridge but **the** beer was soon finished.
> 雪櫃裏有些飲料，但啤酒很快就沒了。

– 概括地表示整個類別或物種，如植物或動物，並用單數形式表示。下面第一個例句的意思是 "大象這種動物被獵殺"。

> **The** elephant is still hunted for its tusks.
> 為了獲取象牙，大象仍然被捕殺。

> **The** snowdrop is the first flower to arrive in the new year.
> 雪花蓮是新的一年裏最早開的花。

– 形容詞前加定冠詞可用作名詞，表示國籍或某一類人。下面第一個例句裏，The Dutch 的意思是 "荷蘭人"。

> **The Dutch** are very skilful engineers.
> 荷蘭人是技術非常好的工程師。

> **The poor** were crowding the streets of the capital.
> 窮人擠滿了首都的大街小巷。

The homeless were sheltered in the church.
無家可歸的人在教堂遮風避雨。

– 用在江河、海洋、山脈、群島的名稱前。

The Thames 泰晤士河　　**The** Hebrides 赫布里底群島
The North Sea 北海　　　**The** Pacific 太平洋

– 用在某些公共機構、報紙、雜誌等名稱前。

The British Museum
大英博物館

The Hilton Hotel
希爾頓飯店

The Lyceum Theatre
蘭心大劇院

The Houses of Parliament
議會大廈

The Independent 獨立報

The Guardian 衛報

The Listener
聽眾雜誌

The New Scientist
新科學家雜誌

– 用在身體部位前表示客觀描述。

A stone struck him on **the hand**. 石頭砸到他的手。
Martin hit him on **the head**. 馬丁擊中他的頭部。

● 頭銜前很少用定冠詞。指人的專有名詞如 Sue and Ron，以及與頭銜連用的專有名詞如 Queen Elizabeth、Doctor Thomas 和 Captain Parry 等，只有在下列情況下才用定冠詞：

– 代表某一事物的名稱，如"船"。

The Queen Elizabeth II is on a long cruise.
"女王伊麗莎伯二世"郵輪正在遠途航行。

– 用來區別同名同姓的人，有強調的含義。

Ah, no. **The David Parry I know** lives in Manchester.
不對啊，我認識的大衛‧帕里住在曼徹斯特。
I saw Paul Kay in town this morning.
我今早在城裏看見保羅‧凱。
Not *the* Paul Kay? 不是那個保羅‧凱嗎？

Nouns used without a determiner
不帶限定詞的名詞

某些名詞短語前不帶限定詞。

複數名詞或複數名詞短語表示某一類事物時，通常不用限定詞。

> He sells **cars** for a living. 他以賣車為生。
>
> **Tigers** are nearing extinction.
> 老虎正瀕臨滅絕。
>
> **Onions** are good for you.
> 洋蔥對你有好處。
>
> **Grassy hills** rise on all sides of the town.
> 小城四周被綠色山丘環抱。

不可數名詞表示某一類事物時，不用限定詞。

> New **information** is now available. 現在有新消息。
>
> Do you like **jelly**? 你喜歡吃啫喱嗎？
>
> This shop sells **furniture**. 這家商店賣傢具。

● 在對話或寫作過程中，第一次用不可數名詞時，不用限定詞。
如果指某個具體事物，用限定詞。例如，通常先問是否喜歡吃
cake，然後問是否願意吃 your cake。

> **The** information she gave me was inaccurate.
> 她給我的資料不準確。
>
> Would you like some of **the jelly** I made for the party?
> 你想吃一點我為派對做的啫喱嗎？
>
> We don't let the dog climb onto **the** furniture.
> 我們不讓狗爬到傢具上。

在以下習慣表達裏，名詞之前不用限定詞：

- 表示交通方式：by bicycle、by car、by bus、by train、by ship、by boat、by plane 等。

  Anna went **by bicycle** but Lucy went **by car**.
  安娜騎自行車去，露茜坐汽車去。
  He was chased by police **on foot**.
  他給警察徒步追趕。

- 以介詞 **at**、**before** 或 **by** 構成的時間短語：dawn、sunrise、sunset、noon、midnight、night、supper、dinner、day、night 等。

  Catherine rose **at dawn** and went to bed **at sunset**.
  凱瑟琳日出起牀，日落睡覺。
  We swam in the pool **by day** and partied **by night**.
  我們白天游泳晚上開派對。

- 表示飲食的短語：to have breakfast、tea、lunch 等。

  Jane had **breakfast** at home. 珍在家裏吃過早餐。
  She met Diana **for lunch**. 她與戴安娜見面吃午飯。

- 以介詞 **to** 或 **at** 與機構名稱構成的短語：church、hospital、prison、school、work 等。

  John was taken **to hospital** with a broken ankle.
  約翰傷了腳踝，被送往醫院。
  Lucy has been kept late **at school** today.
  露茜今天在學校留到很晚。
  Ruth was **at home** all day.
  魯思一整天都在家。

– 表示一般的季節：in spring、in summer、in autumn、in winter。

> **In autumn**, the grapes are harvested by hand.
>
> 到秋季，葡萄用人工採摘。
>
> The place is packed **in summer**.
>
> 夏天這個地方擠滿了人。

但是，特指具體的某個時間、地點、季節時，上述這些詞前面要加定冠詞。

> Philip travelled by **the same train** as Mehandra.
>
> 菲利普與米恩德拉乘同一班火車旅行。
>
> Just look at **the wonderful sunset**.
>
> 看看這美妙無比的晚霞。
>
> Pam works at **the hospital**.
>
> 彭美在那家醫院工作。
>
> I can't work well **in the summer**.
>
> 夏天來了我工作效率就不高。

Demonstratives　指示限定詞

指示限定詞用來確定說話者與某物在空間或時間上的距離。

指示限定詞包括 **this**、**that**、**these**、**those**。

表示近指用 **this** 和 **these**，用來指示說話者身邊的事物。

> **This apple** looks ripe. 這個蘋果好像熟了。
> **These apples** come from Australia. 這些蘋果來自澳大利亞。

它們也由於表示近期，尤其指將來時間。

> I'll call round **this** afternoon. 今天下午我將去拜訪。
> The festival ends **this** Thursday. 節日本週四結束。
> **This** summer is the warmest I can remember.
> 這個夏天是我記憶中最熱的一個夏天。

表示遠指用 **that** 和 **those**，用來指離說話者較遠的事物。

> I think **that boy** over there is lost. 我認為那邊的那個男孩迷了路。
> Can you see **those people** up on the hill?
> 你能看見山上的那些人嗎？

在單數名詞和不可數名詞前，用 **this** 和 **that**。

> I can touch **this picture**, but I can't reach **that one**.
> 我能觸摸到這幅畫，但我摸不到那幅畫。
> **This book** is mine, but **that magazine** isn't.
> 這本書是我的，但那本雜誌不是我的。

在複數名詞前，用 **these** 和 **those**。

> I'm peeling **these potatoes** for a shepherd's pie.
> 為了做羊肉批，我在給這些馬鈴薯削皮。
> **Those men** are mending the roof. 那些人正在維修屋頂。

Possessives 物主限定詞

物主限定詞用來指明某物的所有權（物主身份）；如果其後面的名詞指的是有生命的東西，則表示相互的關係。

> That is **my car**. 那是我的汽車。
>
> Mr Smith was **my teacher** in the sixth form.
> 史密斯先生是我讀六年級時的老師。

物主限定詞的形式隨相關人或物的性和數而變化。

> **His brothers** all came to the wedding. 他的兄弟都來參加了婚禮。
>
> **Their aunt** lives in London, but **their cousins** live in Berlin.
> 他們的舅母住在倫敦，但表兄弟姐妹都住在柏林。
>
> **Your shoes** are under **your bed**. 你的鞋在你的牀底下。

人稱	單數	複數
第一人稱	**my**	**our**
第二人稱	**your**	**your**
第三人稱（陽性）	**his**	**their**
第三人稱（陰性）	**her**	**their**
第三人稱（中性）	**its**	**their**

> 物主限定詞與物主代詞（如 mine、hers、yours 等）的用法不同，物主限定詞用來構成名詞短語，而物主代詞則可以獨立使用。（見第 144 頁）

另一類物主限定詞是**領屬性短語**（**possessive phrase**）

這類短語是以 **-'s** 或 **-s'** 結尾的名詞或名詞短語，用法和物主限定詞一樣，但也可以同其他限定詞連用。

Robert's mother
羅拔的母親

Sally's new job
莎莉的新工作

the **visitors'** washroom
客人的洗手間

the **residents'** dining room
居民的餐廳

a **good day's** work
一整天的工作

my wife's cousin
我妻子的表兄

the **Prime Minister's** press secretary 首相的新聞秘書

Quantifiers 量詞

量詞用來表示數量。量詞不同於數詞，只表示一個大約數量而非準確數量。根據用法可將其進行分類。

all, some, any, much, enough, no

– 在複數名詞或不可數名詞前，用 **all**、**some**、**any** 或 **enough**。

> Can I have **some** chips, please? 請給我來點薯條好嗎？
> Anna gave me **all** her money. 安娜將她所有的錢都給了我。
> Peter never has **any** time to visit us. 彼得從來沒有時間探訪我們。

而 **no** 用在單複名詞或不可數名詞前。

> There were **no** pictures of the party. 沒有派對的照片。
> There is **no** hospital in this town. 這個城鎮沒有醫院。
> **No** information has been released yet. 目前還沒有發佈任何消息。

– 表示一部分，用 **some**、**any**、**much** 和 **enough**。

> Would you like **some** ice cream? 你想吃些雪糕嗎？
> We didn't have **much** success. 我們沒有取得大的成功。
> I haven't seen **enough** evidence to convince me.
> 我還沒看到能說服我的足夠證據。
> I couldn't find **any** fresh milk at the shop. 我在商店裏沒找到鮮奶。

而 **all** 和 **no** 用於表示全部。

> **All the milk** has been used. 所有的奶都用光了。
> There is **no milk** in the fridge. 雪櫃裏沒有奶。

– 在肯定句中，用 **some**。

I've bought **some** chocolate. 我買了些朱古力。

I saw **some** lovely shoes in town this morning.
今天早上我在城裏看見一些漂亮的鞋子。

– 在否定句中，用 **any**。

I didn't buy **any** chocolate this week. 我這星期沒買朱古力。

I haven't seen **any** birds in the garden today.
今天我在花園裏沒看見鳥。

– 在疑問句中，如果對回答沒有把握，用 **any**；如果預期回答是肯定的，用 **some**。

Have you got **any** fresh bread? 你有新鮮的麵包嗎？

Has Paul heard **any** news about the accident?
保羅聽到關於事故的任何消息了嗎？

Would you like **some** cake, Aisha? 艾莎，你想吃點蛋糕嗎？

– **no** 經常與 there is/are 連用。

There was no post today. 今天沒有郵件。

There are **no jobs** available for electricians at the moment.
目前沒有電工的空缺。

half, double, both

– **half** 與可數名詞或不可數名詞連用。

Half the time I didn't understand what was going on.
一半時間我都不明白發生了甚麼。

Half the students came from overseas. 一半學生來自海外。

– **double** 與不可數名詞連用。

We're going to need **double the present supply** of water.

我們需要的供水量是目前的一倍。

They want **double the money** they originally asked for.

他們想將原來要拿的錢加倍。

− **both** 用於説明複數名詞所表示的兩個人或事物。

Both men were given another chance.

兩個人都得到了另一次機會。

Both dogs had to be put down. 兩隻狗都被迫人道毁滅。

量詞與限定詞的搭配用法，見第 161 頁。

下面的量詞表示**等級數量**（**graded amounts**），也就是數量的多寡。

Have you seen **many tourists** in town?

你在城裏看到了許多遊客嗎？

Yes, I've seen **more tourists** than usual.

是的，我看見遊客比平常多。

I think **most tourists** just stay for a couple of days.

我想大多數遊客只會留幾天。

I didn't put **much petrol** in the car. 我沒給車加太多的汽油。

I think we need **more petrol**. 我想我們需要更多的汽油。

The news caused **much excitement**. 消息引起很大的騷動。

Most information about our services is available on the Internet.

關於我們服務的大部分資料都可在網上找到。

− **many**、**more**、**most** 與複數名詞連用。

Have you seen **many tourists** in town?

你在城裏看到了許多遊客嗎？

Yes, I've seen **more tourists** than usual.

是的,我看到的遊客比平常多。

I think **most tourists** just stay for a couple of days.

我想大多數遊客只會留幾天。

– **much**、**more**、**most** 與不可數名詞連用。

I didn't put **much petrol** in the car. 我沒給車加太多汽油。

I think we need **more petrol**. 我想我們需要更多汽油。

The news caused **much excitement**. 消息引起很大的騷動。

Most information about our services is available on the Internet.

關於我們服務的大多數資料都可在網上找到。

– **few**、**fewer**、**fewest** 與複數名詞連用。

Few people know the answer to this problem.

很少人知道這個問題的答案。

Fewer loans are being granted than usual.

貸款比平時獲批得少。

Japanese workers take **the fewest holidays**.

日本工人的假期最少。

– **little**、**less**、**least** 與不可數名詞連用。

There is **little chance** of rain today. 今天不大可能下雨。

This technique causes **less harm** to the environment.

這種技術對環境造成的危害較少。

I need to get from one place to another with **the least inconvenience**.

我要以最方便的方式從一個地方到另一個地方去。

● **a few**、**a little** 的用法與 **few**、**little** 不同,前一組有肯定的含義。**few** 的意思是 "不多"。

Few buildings survived the earthquake.

這次地震中沒有幾座建築物倖免於難。

但 **a few** 表示 "一些"。

A few kind people helped the injured man.

幾個好心人幫助了受傷的男子。

A few delays are inevitable.

一些延誤是無可避免的。

little 表示 "很少"。

The students were given very **little help** with their projects.

學生做他們的項目所得到的幫助很少。

Edward got **little encouragement** from his parents.

愛德華從父母那裏很少得到鼓勵。

但 **a little** 表示 "少量"。

I need **a little help** from my friends.

我需要朋友的一些幫助。

Everyone needs **a little encouragement** now and then.

每個人有時候都會需要一些鼓勵。

Do you take sugar? 你要加糖嗎?

— Just **a little**, please. 來一點吧。

---

few 和 **little** 常帶有否定意義,用來暗示失望或悲觀情緒;而 **a few** 和 **a little** 帶有肯定意義,用來暗示事情比預想的要好。

Numbers 數詞

有兩種常見數詞：

基數詞 (cardinal number) 是表示 "多少" 的詞，用於計數。

one chair 一張椅子   **two** chairs 兩張椅子
a hundred people   **ten thousand** pounds
一百個人   一萬英鎊

序數詞 (ordinal number) 是表示 "第幾" 的詞，用於排序，常用在定冠詞或物主限定詞的後面。

The first horse in was disqualified.
第一匹衝過終點的馬被取消參賽資格。

He's celebrating **his fifty-first** birthday in August.
他將在八月慶祝他五十一歲生日。

The company has just celebrated **its one hundred and fiftieth** anniversary. 公司剛舉行了創立一百五十週年的慶祝活動。

大多數序數詞的構成，在基數詞後加 **-th**。

fourth 第四   twentieth 第二十   hundredth 第一百
fifth 第五   forty-ninth 第四十九   millionth 第一百萬
sixth 第六   eighty-sixth 第八十六   thousandth 第一千
nine hundred and ninety ninth 第九百九十九

另外，還有一些特殊形式，如 first、second、third，以及包括這些詞的組合形式如 twenty-first。

基數詞用在名詞短語前，其作用同限定詞一樣。

one chair 一張椅子   **two** chairs 兩張椅子
a hundred people 一百個人   **ten thousand** pounds 一萬英鎊

基數詞單獨使用時，其作用同代詞一樣。

> And then there were **three**. 然後，還有三個。
> **Four** of them came towards us. 他們四個人向我們走過來。
> The other **two** went to get help. 其他兩個人去尋求幫助。

● 從語法上來説，next、last、another 這些詞也可被看作是序數詞。

> It rained on **last** day of our holiday. 假期的最後一天下雨了。
> The **next** horse in was declared the winner.
> 第二匹衝過終點的馬被宣佈為冠軍。
> Oh no, not **another** birthday! 哦不，不要再過生日了！

> 序數詞以及 next、last 等詞，有時叫做 **後置限定詞 (post determiners)**，因為它們置於 **the** 或物主限定詞之後。

> The **next** three days are going to be very exciting.
> 未來三天將會令人非常興奮。

> The **last** three years have been difficult for everyone.
> 過去三年對每個人來説都很困難。

> We have to get off the bus at the **next** stop.
> 我們必須在下一站下車。

● 序數詞以及 next、last 和 another，可與基數詞在同一名詞短語中連用。

> The **first three** correct entries will win a prize.
> 前三個答對的人將獲得獎品。

> He scored **another three** goals before the end of the match.
> 比賽結束前，他又攻進了三球。

● 表示基數詞只是約數時，在基數詞前用 some。

> **Some two hundred** people gathered in the pouring rain.
> 大約兩百人在傾盆大雨中聚集。

Distributives 分配詞

用來表示事物如何分配的限定詞叫做分配詞。

分配詞有 **each**、**every**、**either** 和 **neither**，與單數名詞連用。

Each child was given a balloon. 給每個孩子一個氣球。

I remember **every detail** of our conversation.
我記得我們談話的每個細節。

Either child could win the prize. 兩個孩子都有可能獲獎。

Neither plan was successful. 兩個計劃都不成功。

— **each** 和 **every** 不與專有名詞連用。

— **each** 指一組人或事物中（兩個或兩個以上）的個體。

Four girls came and **each one** sang a song.
來了四個女孩，她們每人唱了一首歌。

Each ticket should have a number on the back.
每張票的背面都應該有號碼。

— **every** 指一組中的所有人或事物（三個或三個以上）。

Every teacher has a key to the building.
每個老師都有大樓的鑰匙。

Katrina danced with **every boy** at the party.
卡特里娜在派對上與每一個男孩都跳了舞。

— **every** 可用於序數詞前面。every second house 的意思是 "每兩戶人家"，也就是說第二戶人家、第四戶人家、第六戶人家，如此類推。

I have to work **every third weekend**.
我每逢第三個週末都要去上班。

Every fourth house has a garage. 每四戶人家有一個車庫。

– **either** 用於表示兩個人或事物的其中一個。

> They did not appoint **either** man as captain.
> 他們兩人都沒獲任命為船長。
> **Either** restaurant would suit me.
> 兩間餐廳選哪一間我都無所謂。

– **neither** 用於排除所指的兩個人或事物。

> They appointed **neither** man as captain.
> 他們沒有任命這兩人當船長。
> **Neither** restaurant is cheap enough.
> 兩間餐廳都不夠便宜。

Exclamatives 感歎詞

感歎詞用來引出表示驚訝、讚賞或類似情感的感歎句,包括 **what**、**such**。

– 名詞短語一般用 what。

> **What** a laugh! 真可笑!
> **What** awful weather! 多麼糟糕的天氣!

– 完整句子用 what 或 such。

> He is **such** a nice man!
> 他是多麼好的一個人啊!
> You always wear **such** lovely things!
> 你總是穿戴這樣可愛的飾物!
> **What** a pleasant surprise this is!
> 這是一個多麼令人高興的驚喜!

Noun phrases with several determiners
帶多個限定詞的名詞短語

大多數名詞短語只包含一個限定詞或沒有限定詞，如果包含多個限定詞，須遵循特定順序。根據與其他詞連用的情況以及所遵循的順序，限定詞可分為四類。

兩個大類 (A 和 B)：

A the、this、these、that、those、a(n) 和物主限定詞 my、your、her、his 等。

a ripe orange 一個熟橙   **this** ripe orange 這個熟橙
my young sister 我的小妹妹   **our** young sister 我們的小妹妹

B another、some、any、no、either、neither、each、enough、a few、a little 等。

each ripe orange 每一個熟橙   **some** ripe oranges 一些熟橙
another sister 另一個妹妹   **enough** money 足夠的錢

A、B 兩類詞屬於中位限定詞 (**central determiner**)。名詞短語通常只包含一個中位限定詞。

● A、B 兩類詞不能連用，除非在兩類詞之間用 of，並且 A 類詞必須跟在 B 類詞後面。

some of those oranges   **neither of my** sisters
那些橙中的一些   我的兩個妹妹都不

● A 類詞可與 C、D 類限定詞 (以下) 連用。

Both girls were reading. 兩個女孩都在看書。
Both my young sisters are really naughty. 我的兩個小妹妹真淘氣。
All visitors must now leave the ship. 所有遊客現在都必須下船。
All the visitors left the ship. 所有遊客都下了船。

兩個小類（C 和 D）：

C all、both、half、double、twice，這些詞可單獨用在名詞前，或用在 A 類限定詞前。有人更喜歡在 all、both、half 和中位限定詞之間插入 of。

> **All of the** visitors left the ship. 所有遊客都下了船。
> **Half of the** oranges will have to be thrown away.
> 一半的橙將不得不扔掉。

● C 類詞有時叫做**前置限定詞 (predeterminers)**。感歎詞 such 和 what 屬於此類。（關於感歎詞，見第 182 頁）

D every、many、several、few、little、much、more、most、less 和序數詞 first、second、third、last 等。這些詞可單獨用在名詞前。

> **Every** move was carefully recorded.
> 每次移動都被詳細記錄下來。
> She did **many** kind things. 她做了許多好事。
> She has **few** friends. 她沒幾個朋友。
> **Last** orders, please. 快關門了，請快些下單。

也可用在 A 類限定詞之後。

> **Your every** move is being watched.
> 你的一舉一動都被監視着。
> **The many** kind things she did went unnoticed.
> 她做的許多好事都不為人知。
> **Her few** possessions had been stolen.
> 她僅有的幾件財物都被偷了。
> **The first** thing she did was call her mother.
> 她做的第一件事是打電話給她媽媽。
> I would rather forget **these last** few days.
> 我寧願忘記過去這幾天。

Adjectives 形容詞

形容詞與名詞連用，使名詞的意義更具體。比如名詞 bear，可以指熊類之中任何一隻。但是 a large, brown bear 則表示熊的兩個**屬性 (attribute)**，即顏色和大小。所以說形容詞用來**修飾 (modify)** 名詞。

形容詞有兩個主要特點：

– 大多數形容詞置於它所修飾的名詞之前，在句中做**定語 (attributive use)**。

> a **tall** girl 一個高個子女孩
>
> **green** grass 綠草
>
> four **badly behaved little** boys 四個不守規矩的小男孩

– 大多數形容詞還可置於連繫動詞 (link verb) 如 be 或 seem 之後，在句中做**表語 (predicative use)**。

> The roses are **yellow**. 玫瑰是黃色的。
>
> The girls are getting **tall**. 女孩們長高了。
>
> These books seem really **interesting**. 這些書似乎很有趣。

定語、表語兩可的形容詞是常規形容詞。用作表語的形容詞可以描述句子的**主語**，例如：

> The roses are **yellow**. 玫瑰是黃色的。
>
> The girls are getting **tall**. 女孩們長高了。
>
> These books are really **interesting**. 這些書真的很有趣。

也可以描述句子的**賓語**（見第 2 頁），例如：

> Anna painted the room **green**. 安娜將房間髹成綠色。

The children drove him **mad**. 孩子們簡直將他氣瘋了。

Adjective order 形容詞的順序

形容詞的先後順序依次如下：

－ 表示感覺或性質的形容詞。

> **pleasant** childhood memories 愉快的童年記憶
> **beautiful** brown hands 漂亮的棕色雙手

－ 表示大小、年齡、溫度或量度的形容詞。

> some **hot** scones 一些熱烤餅
> a **rectangular** pie dish 一個長方形的餡餅盤子
> those **nice young** girls 那些漂亮的少女
> a **lovely big** smile 一個可愛的燦爛笑容

－ 表示顏色的形容詞。

> the **green** hills of home 家鄉綠油油的山
> smart **brown** shoes 漂亮的棕色鞋子
> her beautiful **blue** eyes 她那雙漂亮的藍眼睛

－ 表示國籍或出身的形容詞。

> those friendly **Spanish** girls 那些友好的西班牙女孩
> both the small grey **Irish** horses 兩匹都是灰色的愛爾蘭小馬
> an elegant **French** woman 一位優雅的法國女人

－ 表示物質或材料的形容詞。

> a large **wooden** door 一個木製大門
> an elegant **silver** teapot 一個雅致的銀茶壺

英語允許多個形容詞連用，但一般不超過四個。

> a **happy young blonde German** girl
> 一個快樂的年輕德國金髮女孩
> **beautiful old English half-timbered** houses
> 漂亮的英式半木結構老房子

● 名詞前的幾個形容詞通常不用 and 分開，除非是描述顏色的形容詞。

> a **green and white** striped shirt 一件綠白相間的條紋襯衣
> a **red and blue** flag 一面紅藍雙色旗

● 形容詞前面可加程度副詞（見第 189 頁）。

> an *extremely* **intelligent** student 一個極聰明的學生
> a *very* **tall** man 一個非常高的男子
> a *fairly* **untidy** flat 一間相當凌亂的公寓

有些形容詞只能用作表語（置於連繫動詞之後），並且常以 a- 開頭。

> afloat、afraid、alike、alive、alone、ashamed、asleep、awake
>
> Our balloon was **aloft** at last. 我們的氣球最後飄在空中。
> Charles is **abroad** again. 查理斯又出國了。
> The child is **afraid**. 孩子害怕。
> The girls were **asleep** and were not **aware** of the noise.
> 女孩們睡着了，沒有聽到噪音。

形容詞用作表語時，如果後面還有其他句子成分的話，可能需要加一個特定的介詞。

> She was glad.   She was **glad to** help.
> 她高興。   她樂於幫助別人。

He was afraid.	He was **afraid for** his life.
他害怕。	他擔心自己的性命。
I was free.	I was **free from** guilt.
我有空。	我是清白的。
It is **devoid of** interest.	He was **intent on** revenge.
它引不起一般人的興趣。	他決意要復仇。

有些形容詞如 devoid (of)、intent (on)，後面必須有其他句子成分。

做定語的形容詞通常置於所修飾的名詞之前，但與複數名詞連用時，有些形容詞也可置於名詞之後，如 absent、present、involved、concerned。這些形容詞在前後不同的位置往往有不同的意思。

Everyone present was given tea. 每個在場的人都有茶喝。
The **present government** took over four years ago.
現任政府是四年前上台的。
The **people absent** from work were all ill. 沒來上班的人都病了。
Let us toast **absent friends**. 讓我們為去世的朋友舉杯。
The **dealers concerned** were sent to jail. 涉嫌毒販被關進了監獄。
There were letters from **concerned parents**.
信件來自於憂慮的父母。

● 有些固定短語中，形容詞只出現在名詞之後。

the **Princess Royal** 大公主	a **lion rampant** 躍立獅形
the **president elect**	the **Attorney General**
當選總統	檢察長

Premodifiers and postmodifiers 前置修飾語和後置修飾語

形容詞、限定詞和其他名詞都可用於具體描述一個名詞；也就是說，它們可用作**修飾語 (modifier)**。名詞後面，也可以加介詞短語（以介詞開頭的一組詞）或關係從句，同樣起修飾作用。(關於關係從句的用法見第 274 頁)

置於名詞前的修飾語，統稱為**前置修飾語 (premodifier)**。

a young man 一個年輕人　　**these** onions 這些洋蔥

my aunt's house　　　　　**the elephant** house

我舅母的房子　　　　　　　大象的房子

置於名詞後的修飾語，統稱為**後置修飾語 (postmodifier)**。

the young man **with the guitar** 帶結他的年輕人

the person **who met me** 碰見我的那個人

the girl **I was standing near** 站在我旁邊的女孩

the people **involved** 相關人員

Comparison 比較等級

形容詞的比較級形式 (comparative form) 常用於兩者的比較，如兩個人、兩件事或兩種情形，表明兩者在某方面的差異。

● 比較中的另一方置於 **than** 之後。

Anna is **taller than** Mary but Mary is **older**.
安娜比瑪麗高，但瑪麗年齡較大。

Emma is much **slimmer than** when I last saw her.
愛瑪比我上次見到她的時候苗條多了。

Online learning is **less expensive than** conventional college courses. 在線學習比傳統大學課程便宜。

● 比較時，如果認為兩者相似，在肯定句中用 **as...as**；認為兩者不相似，在否定句中用 **not as...as** 或 **not so...as**。

Helen is **as tall as** Linda, but **not as strong**.
海倫和琳達一樣高，但沒琳達強壯。

形容詞**最高級形式 (superlative form)** 用於兩者以上多方之間的比較，表示一方在某方面超過所有其他各方。形容詞最高級形式前面要加定冠詞 **the**，但用作表語時，前面不加 **the**。

That is **the smallest** camera I have ever seen.
那是我見過的最小的照相機。

He gave **the least expensive** gift to his sister.
他送給他妹妹最便宜的禮物。

I'll have whichever is (the) **ripest**. 我要最熟的那個。

形容詞比較級和形容詞最高級的構成：

- 在形容詞後加 **-er** 構成形容詞比較級，在形容詞後加 **-est** 構成形容詞最高級。單音節形容詞通常採用這些結尾形式。

	比較級	最高級
bright 明亮的	**brighter**	the **brightest**
long 長的	**longer**	the **longest**
sharp 鋒利的	**sharper**	the **sharpest**

- 如果形容詞以 **-e** 結尾，**-e** 必須省略。如果形容詞以 **-y** 結尾，則將 **-y** 變為 **-i**，再加 **-er** 或 **-est**。

	比較級	最高級
wise 聰明的	**wiser**	the **wisest**
pretty 漂亮的	**prettier**	the **prettiest**
weary 疲倦的	**wearier**	the **weariest**

- 在三音節或多音節的形容詞前加 **more** 或 **most**。

	比較級	最高級
fortunate 幸運的	**more** fortunate	the **most** fortunate
relevant 有關的	**more** relevant	the **most** relevant

在由分詞變成的形容詞前面也加 **more** 或 **most**。

	比較級	最高級
provoking 挑釁的	**more** provoking	the **most** provoking
enthralled 被迷醉的	**more** enthralled	the **most** enthralled

表示與比較等級 **-er/-est** 和 **more/most** 相反的意思，用 **less** 或 **least**。

	比較級	最高級
sharp 鋒利的	**less** sharp	the **least** sharp
fortunate 幸運的	**less** fortunate	the **least** fortunate
interesting 有趣的	**less** interesting	the **least** interesting
involved 有關的	**less** involved	the **least** involved

> 雙音節形容詞（包括以 **-er** 結尾的形容詞）可遵循以上任意一種比較等級的詞尾形式。如果不能確定某一形容詞是否是雙音節形容詞，可用 **more/most**。

	比較級	最高級
shallow 淺的	**shallower**	the **shallowest**
or	**more** shallow	the **most** shallow
polite 有禮貌的	**politer**	the **politest**
or	**more** polite	the **most** polite

有些不規則形容詞的比較級和最高級有不同的形式。

	比較級	最高級
good 好的	**better**	the **best**
bad 壞的	**worse**	the **worst**
far 遠的	**further**	the **furthest**

Adverbs and adverbials 副詞和狀語

想進一步說明某事發生的**時間、地點、方式**和**程度**,可用**狀語 (adverbial)**。許多狀語都是**副詞 (adverb)**。狀語不一定是一個單詞,也可能是短語、介詞短語或句子。它們有時又叫做**附加語 (adjunct)**。

狀語一般用於修飾動詞,例如:

I **greatly** admire your courage. 我十分敬佩你的勇氣。

They changed **hurriedly into their pyjamas**.
他們很快就換上了睡衣。

Monica hummed **softly as she washed the car**.
莫妮卡一邊洗車一邊輕聲哼着歌。

The firework exploded **with a loud bang**. 煙花砰的一聲爆開了。

He ran **across the lawn towards the house**.
他穿過草坪向房子跑去。

修飾形容詞,例如:

Harry is **absolutely** terrified of flying. 哈里絕對害怕坐飛機。

You must admit that he can be **rather** boring.
你必須承認他可以相當悶。

That is **quite** silly. 那太蠢了。

Fears like that are **very** real to the sufferer.
那樣的恐懼對受害者來說太真實了。

修飾另一個副詞,例如:

I thought about it **quite** seriously. 我頗認真地考慮了那事。

The children are behaving **remarkably** well.
孩子們一直表現得非常好。

Ali objected **very** strongly to the plan.
阿里非常強烈地反對這個計劃。

修飾整個句子，例如：

Frankly, I think he is lying. 坦白地説，我認為他在説謊。
Nevertheless, we must give him a chance.
儘管如此，我們必須給他一次機會。
Honestly, I didn't mean to be rude to you.
老實説，我不是有意對你無禮。

以至於修飾介詞短語，例如：

We are **really in a no-win situation**. 我們確實處於必輸的局面。

大多數狀語對句子或短語來説可有可無，但有些動詞需要副詞使其意義完整（見第 77 頁）。條件複合句必須有狀語從句，通常以 **if** 或 **unless** 引導（見第 271 頁）。

狀語可分為以下幾類：

– 方式狀語，表示以甚麼**方式 (manner)**，如 slowly、with care、well。

Two men were working their way **slowly** up the hillside.
兩個人正慢慢地努力爬上山坡。

– 地點狀語，表示在甚麼**地方 (place)**，如 there、here、up、in town。

Two men were working their way **up the hillside**.
兩個人正費力地爬上山坡。

– 時間狀語，表示在甚麼**時候 (time)**，如 now、today、last night、lately。

Two men were lost on the hills **yesterday**.
昨天兩人在山上迷了路。

— 程度狀語，表示到甚麼程度 (**degree**)，如 largely、extremely、
much、by a whisker（差一點點）。

It was **largely** their own fault. 主要是他們自己的錯。

— 頻度狀語，表示發生的頻度 (**frequency**)，如 rarely、often、
sometimes、twice daily。

Search parties went out **every hour**. 搜救隊每小時出去搜尋一次。

狀語會改變短語或句子的意義，但它們通常也是短語或句子的可省
略部分。

He coughed **nervously**. 他緊張地咳嗽。
Really, I think you are mistaken. 說真的，我認為你錯了。
In a fit of temper, he slammed the door shut.
他一氣之下砰地關上了門。

狀語可置於與其相關的詞、短語或句子之外。例如，同一個副詞在
一個句子裏可能是修飾動詞的，而在另一個句子裏，則可能修飾整
個句子。

I think she acted **honestly**. 我認為她表現真誠。
Honestly, who does she think she is? 老實說，她以為她是誰？

但是，有時狀語是必不可少的：

— 有些動詞必須後跟狀語以使其意義完整。

Alice behaved **wonderfully**. 愛麗絲表現極佳。
Sylvia acted **unlawfully**. 西維亞那樣做是違法的。
Justin sped **down the corridor**. 札斯廷快速走過走廊。

– 有些動詞須後接賓語和狀語以使其意義完整（見第 21 頁）。

> Ranjit put the folder **back**. 蘭札將文件夾放了回去。
>
> James stood the golf clubs **in the corner**.
>
> 詹士將高爾夫球棍立在牆角。
>
> Clare placed the cover **over the cot**. 克萊爾鋪牀罩在小牀上。

● 副詞與動詞連用構成短語動詞（關於短語動詞見第 77 頁）。

> The car *pulled* out. 汽車開出來了。
>
> Lydia *went away*. 莉迪婭離開了。
>
> Things *are looking* up. 情況正在好轉。

根據狀語修飾單詞、短語或句子的方式，狀語可分為以下幾類：除了在第 193 頁提到的用法外，一組特殊狀語可以用來表示一個句子與前文的關係，這類副詞叫做**句子副詞 (sentence adverb)**。

> **Nevertheless**, we must give him an answer.
>
> 儘管如此，我們必須給他答覆。
>
> **However**, it's good advice. 但是，建議還是好的。
>
> **On the other hand**, we cannot turn him down.
>
> 但另一方面，我們又不能拒絕他。

– 狀語的另一個用法是，讓聽者或讀者知道你對某種情況的觀點，這類副詞叫做**觀點副詞 (viewpoint adverb)**。

> **Foolishly**, I gave him my address.
>
> 太蠢了，我將自己的地址給了他。
>
> **Clearly**, he deserves our help. 很明顯，他值得我們幫助。
>
> **Actually**, I don't mind. 實際上，我不介意。

– 另一組狀語是由程度副詞與形容詞或其他副詞連用構成的，如 very、rather、quite、really、too、somewhat。它們有時叫做**副修**

飾語 (submodifier)，因為它們可減弱或加強形容詞的描述效果。

> She seems **rather** nice. 她看來挺友好的。
>
> Angus is a **very** good tennis player.
> 安格斯是一名非常優秀的網球手。
>
> Kim gave me this **really** expensive bag.
> 金給了我這個很貴重的包。

這些副詞主要與性質形容詞 (adjective of quality) 連用。此外，副詞也可用於修飾另一副詞。

> She began to cry, **quite loudly**. 她開始很大聲地哭起來。
>
> Sometimes I think you're **too easily** impressed.
> 有時我覺得你太容易被打動了。
>
> It must have been done **extremely recently**.
> 這件事一定是在近期完成的。
>
> The car was **almost totally** submerged in the flood water.
> 汽車幾乎完全被洪水淹沒了。

有些副詞（和狀語）只能與動詞連用，不能修飾形容詞。

● 大多數副詞可置於：

– 動詞短語或主語之前。

> **Happily** she ran over the sand dunes. 她快樂地跑步跨過沙丘。
>
> **Tearfully**, he told his brother the whole story.
> 他含淚將整個故事告訴了他哥哥。

– 動詞短語或賓語之後。

> She ran **happily** over the sand dunes. 她快樂地跑步跨過沙丘。
>
> He was telling the whole story **tearfully** to his brother.
> 他含淚將整個故事告訴了他哥哥。

– 助動詞和主動詞之間。

> She was **happily** running about over the sand dunes.
> 她快樂地在沙丘上跑來跑去。
> He was **tearfully** telling the whole story to his brother.
> 他含淚將整個故事告訴了他哥哥。

● 有些副詞只可置於主動詞**後**，如 back、up、down、sideways、clockwise 等。

> Suddenly the frightened animal ran **back**.
> 突然間，那隻受驚的動物往回跑。
> They hammered the wedge in **sideways**.
> 他們用錘子把楔子從側面砸入。

● 有些副詞可置於主動詞**之前**，如 barely、hardly、little、rarely、scarcely、seldom 等。

> **Scarcely had she spoken** when it came crashing down.
> 她沒來得及説甚麼它就墜毀了。
> He **had hardly eaten** anything. 他幾乎沒吃東西。
> **Seldom** have I seen such ridiculous behaviour.
> 我很少見到這樣荒唐的行為。

以這些詞開頭的從句採用疑問句的詞序，這些詞叫做**廣義否定詞 (broad negative)**，因為它們使句子帶有否定意義。

比較：

> They **never noticed** her presence.
> 他們從未注意到她的存在。
> They **scarcely noticed** her presence.
> 他們幾乎沒注意到她的存在。

有些說話者特意在帶 to 的動詞不定式中不將副詞放在 to 和 動詞原形之間。 副詞放在 to 和動詞原形之間的短語叫做分裂不定式 (split infinitive)。沒有理由認為分裂不定式是錯誤,使用與否只是個人的偏好。

I need to really think hard about this.
我真的需要好好想想這件事。
I really need to think hard about this.
我真的需要好好想想這件事。

Adverbs with nouns and pronouns 副詞修飾名詞和代詞

副詞可修飾大多數詞類,但通常不修飾**名詞**和**代詞**。程度副詞可修飾**名詞短語**。

Dominic thought that Geoffrey was **rather a good teacher.**
多米尼克認為傑弗里是個很不錯的教師。
Jason is **quite a skilled craftsman.**
賈森是個技術相當熟練的工匠。

有一小部分副詞可修飾名詞和不定代詞。

the **man downstairs** 樓下那個男子
the **example above** 上述例子
Almost everyone brought a bottle to the party.
幾乎每個人都帶了一瓶酒來參加派對。

Form of adverbs 副詞的形式

大多數**副詞**由相關的形容詞後加 **-ly** 構成。

slow 慢慢的	slowly 慢慢地
clever 聰明的	cleverly 聰明地
annual 每年的	annually 每年地

例外的是，以 **-ble** 結尾的詞在加 **-ly** 之前須去掉 **-e**。true 和 due 的副詞也是這樣構成的。

sensible 明智的	sensibly 明智地
suitable 合適的	suitably 合適地
true 真實的	truly 真實地
due 適當的	duly 適當地

> 常見的拼寫錯誤是加 **-ley**。此類錯誤常出現在以 **-e** 結尾的形容詞上。注意以 **-e** 結尾的形容詞構成副詞時的正確拼寫形式。
>
> | | |
> |---|---|
> | extreme 極端的 | extremely 極端地 |
> | divine 神聖的 | divinely 神聖地 |
> | free 自由的 | freely 自由地 |

以 **-y** 結尾的形容詞在加 **-ly** 之前，將 **-y** 變為 **-i**；但像 **sly** 和 **dry** 這樣的單音節詞例外。

happy 幸福的	happily 幸福地
greedy 貪婪的	greedily 貪婪地
sly 狡猾的	slyly 狡猾地

有些詞既可以做副詞又可以做形容詞，有時候很難判斷這些詞是形容詞還是副詞。一般規律是看句中周圍詞的詞性。如果後面是名詞，很可能是形容詞。

a **short way** 一條捷徑	a **late meeting** 一場晚開的會議
a **long pause** 一個長的停頓	an **early lecture** 一個早開的講座

如果與動詞或形容詞連用，很可能是副詞。

> The lesson **was cut short**. 課被縮短了。
> We **met late** at night. 我們深夜會面。
> Don't **stay long**. 別待太久。
> He **came in early**. 他早到了。

有些副詞與介詞的拼寫一樣，在這種情況下，可根據句中的其他詞來判斷。介詞通常用於名詞短語之前，因為介詞必須帶賓語。

> He rushed **in an attempt** to catch his bus.
> 他衝過去試圖趕上巴士。

> She hurried **over her meal** because she was late.
> 因為遲到，她匆忙吃完了飯。

如果類似的詞後面不帶賓語，而且置於句子的末尾，那麼這個詞通常是副詞。

> He rushed **in**. 他衝了進來。
> She hurried **over**. 她跑了過去。

和某些形容詞一樣，有些副詞具有比較級和最高級形式，可與副修飾語（submodifier）連用。

> Kim treated Sharon **well,** Karen **less well** and Janice **the least well**. 金對莎朗好，對卡倫不太好，對珍尼斯最差。
> Malcolm walked **the most slowly** of all of them.
> 馬爾科姆是他們之中走得最慢的。
> Tariq acted **very kindly** towards him. 塔里克對他非常友好。
> You must behave **far more sensibly** in future.
> 你以後必須表現得更明智。
> This graph shows that girls performed **the best** at maths this year. 這個圖表顯示今年女生的成績以數學最好。

副詞的最高級形式很少見。

Pronouns　代詞

代詞用來替代名詞和名詞短語。

代詞的常見用法：

— 代替句中出現過的名詞或名詞短語，以避免重複。

> Sam has to go to the airport. Can you give **him** a lift?
> 山姆要去機場，你能送他一程嗎？
> The young prince and his wife came out on to the balcony. **They** waved to the crowd.
> 年輕的王子和他妻子出來站在陽台上，向群眾揮手。
> The mechanic tested the starter motor. **It** would not work.**He** tried it again.
> 機器修理技工測試了起動馬達，發動不起來，於是他又試了一次。

— 知道所指代的人或物時，可用代詞替代，比如用代詞 I 指代自己，而不自己的名字。

> **I**'m sorry **I**'m late.
> 很抱歉我遲到了。
> **We**'d better ring and say **we**'re not coming.
> 我們最好打電話説我們不去了。

— 不知道某人或某物的名稱時，可用代詞替代。

> **He**'s the man who came to the house yesterday!
> 他就是昨天來到房子的那個人！
> **Who**'s she?
> 她是誰？

Types of pronoun 代詞的類型

根據意義和用法，代詞可分為七大類。

人稱代詞 (personal pronoun) 在句中可用作主語或賓語。

> **He** gave **her** a box of chocolates. 他給了她一盒朱古力。
>
> **We** saw **them** both on Friday. 我們週五見到他們兩人。
>
> **I** can see **you**! 我能看見你！

反身代詞 (reflexive pronoun) 置於動詞後面，在句中做賓語，表示一個動作回射到主語本身。有些動詞必須用反身代詞：

> The puppy entangled **itself** in the lead.
> 小狗將自己纏入牽狗帶裏。
>
> I've just cut **myself** on a piece of glass. 我剛被一塊玻璃刮傷了。

反身代詞也可表示強調。

> Never mind. I'll do it **myself**. 沒關係，我自己做吧。
>
> The professor **himself** did not know the answer.
> 連教授自己都不知道答案。

物主代詞 (possessive pronoun) 表示所有權。

> Give it back, it's **mine**. 還給我，它是我的。
>
> Perhaps it really is **theirs** after all. 也許它確實是他們的。

指示代詞 (demonstrative pronoun) 表示時間、空間上較近或較遠的事物。

> **This** is Betty's and **that** is Peter's. 這是貝蒂的，那是彼得的。
>
> **These** are nice. Where did you find them?
> 這些東西很漂亮，你在哪裏找到它們的？

關係代詞 (relative pronoun) 用於連接從句和名詞短語或句子。

> I don't know **what** you mean. 我不知道你是甚麼意思。
>
> That's the girl **who** always comes top.
> 那就是總是名列前茅的女孩。

疑問代詞 (interrogative pronoun) 用於對所指代的名詞短語提問。

> **What** would you like for lunch? 你午飯想吃甚麼？
>
> **Which** is the fresh milk? 哪個是鮮牛奶？
>
> **Who** was responsible? 該誰負責的？

不定代詞 (indefinite pronoun) 指代較寬泛，尤其是不必要或不可能使用人稱代詞時，用不定代詞。

> **Everyone** had a compass and a whistle.
> 每個人都有指南針和口哨。
>
> **Neither** wanted to give in and apologize.
> 兩個人誰都不想屈服和道歉。
>
> **Much** needs to be done. 還有很多事情要做。

Personal pronouns 人稱代詞

人稱代詞可在句中做主語、賓語或補語，常用來代替名詞短語，以避免重複。

人　稱	主　格	單　數 賓　格	主　格	複　數 賓　格
第一人稱	I	me	we	us
第二人稱	you	you	you	you
第三人稱（陽性）	he	him	they	them
第三人稱（陰性）	she	her	they	them
第三人稱（中性）	it	it	they	them

第一人稱代詞 **I** 擔當説話者的角色，第二人稱代詞 **you** 擔當聽者的角色。**you** 的單數與複數形式相同，因此需藉助其他詞來弄清楚 **you** 所指的聽者是誰。

> **You** should be ashamed. 你應該感到羞愧。
>
> **All of you** should be ashamed. 你們所有人都應感到羞愧。
>
> **You** must **all** stop writing now. 現在你們都必須停筆。

如果一個以上的人稱代詞與動詞連用，其順序為：第三人稱或第二人稱置於第一人稱之前；第二人稱置於第三人稱之前。例如：

> **She and I** do not get on very well.
>
> 她和我相處得不好。
>
> **You and he** should buy the boat between you.
>
> 你和他應該合資買船。

如果兩個代詞或一個人稱名詞和一個人稱代詞是動詞的聯合主語時，須用代詞的主格（the subject form）形式。要避免出現如 Jerry and me are... 這類錯誤。

> **Jerry and I** are going to paint the house ourselves.
> 傑瑞和我將要親自髹房子。
> **He** and **I** are going to paint it. 他和我將要髹它。
> **Melanie** and I are going shopping.
> 我和梅拉妮將要去購物。

如果兩個代詞或一個名詞，加上一個人稱代詞是動詞的聯合賓語時，須用代詞的賓格（the object form）形式。

> They decided to help **Jane and me**. 他們決定幫助我和珍。

在介詞後要用代詞的賓格形式，避免出現如 between you and I 這類錯誤。

> Between **you** and **me**, I don't like this place.
> 這是我們之間的秘密，我不喜歡這個地方。
> Wasn't that kind of **me**? 我那樣做不是很仁慈嗎？

● 在日常口語中常用代詞的賓格形式，但在正式或舊式英語中，主要用主格形式。

– 在動詞 be 之後。

> It's **me**. 是我。   （非正式）
> It is **I**. 是我。   （正式／舊式）
> I saw at once that it was **her**.
> （非正式）我立刻認出那是她。
> I saw at once that it was **she**.
> （正式／舊式）我立刻認出那是她。

– 在比較級中的 than 之後（謂語動詞是 be）。

> John is smaller **than him**.　　　（非正式）約翰比他小。
> John is smaller **than he (is)**.　　（正式 / 舊式）約翰比他小。
> Sylvia is cleverer **than me**.　　　（非正式）西維亞比我聰明。
> Sylvia is cleverer **than I (am)**.　　（正式/舊式）西維亞比我聰明。

謂語動詞不是 be 時，須用 than + 代詞的**實格形式**。

> She's probably done more **than me**. 她很可能做得比我多。

● 實格形式可用作疑問句的縮略答語。

> Who found Gran's watch? 誰發現了格蘭的手錶？
> — **Me**. Aren't I clever! 我。聰明吧！

Reflexive pronouns 反身代詞

● 反身代詞的形式和用法：

人稱	單數	複數
第一人稱	**myself**	**ourselves**
第二人稱	**yourself**	**yourselves**
第三人稱（陽性）	**himself**	**themselves**
第三人稱（陰性）	**herself**	**themselves**
第三人稱（中性）	**itself**	**themselves**
通稱	**oneself**	

－ 某一動作的發起者也是這一動作的賓語時，可用反身代詞。

I cut **myself** with the carving knife. 我用切肉刀割到了自己。
Sometimes I just don't like **myself** very much.
有時我不太喜歡自己。

－ 當句子的直接賓語或介詞賓語與主語的指代相同時，可用反身代詞。

John looked at **her**. 約翰看着她。
John looked at **himself**. 約翰看着他自己。
John taught **himself** to play the guitar. 約翰自學彈結他。

－ 一般來説，反身代詞 **oneself** 用來指代人。

The first golden rule is not to take **oneself** too seriously.
第一條黃金法則是不要自命不凡。

當 oneself 用來代替第一人稱單數時，主格代詞是 **one**。在正常談話中，這種用法常被認為是有點裝腔作勢。

One asks **oneself** whether it is worth the bother.
應該問自己是否值得這樣費事。

One owes it to **oneself** to do something worthwhile.
一個人應該做值得做的事。

有些動詞在特殊用法下須跟反身代詞。

Jeremy introduced **himself**. 傑里米介紹了他自己。
The cat washed **itself**. 那隻貓洗了洗自己。

如果動作執行者的行為顯然是發生在自己身上，可省略反身代詞。

Jeremy **washed** and **dressed**, then went out.
傑里米梳洗了一下，穿好衣服，然後出去。

如果介詞後跟代詞，代詞通常用賓格形式。

They all looked at **him** in silence. 他們都默不作聲地看着他。

如果這個代詞指代主動詞的主語，須用反身代詞。

She looked at **herself** in the mirror. 她對着鏡子看自己。

● 反身代詞可用來強調説話的內容。為了強調，有時將主格代詞或賓格代詞與反身代詞連用。

He told me **himself** that he was leaving. 他親自告訴我他要離開。
I'll do it **myself**. 我要自己做這事。

● 無論是否與 by 連用，反身代詞可強調做事者是在"獨自"或"沒有幫助"的情況下完成某一動作。

I think you should try and do it **yourself**. 我想你該自己試一下。
Did she do that all by **herself**? 那全是她親自做的嗎？

複合代詞 **each other** 和 **one another** 不是真正的反身代詞。它們用於兩個或多個主語互相參與一個動作，有時叫做**相互代詞 (reciprocal)**。

They should stop blaming **one another**. 他們該停止互相指責。
We will always love **each other**. 我們會永遠彼此相愛。

Possessive pronouns　物主代詞

物主代詞用於表示誰擁有某物或與某物的關係。

All those books are **hers**. 那些書全部都是她的。

Those suitcases are **ours**. 那些手提箱是我們的。

Are you selling those books? I'd never sell any **of mine**.

你在賣那些書嗎？我永遠个會賣我的書。

Those awful cousins **of yours** are here.

你那些討厭的表兄弟在這裏。

This TV is really cheap. 這台電視真的很便宜。

Yes, **ours** was a bit more expensive, but better quality.

是的，我們的有點貴，但質量較好。

除第二人稱物主代詞的單複數相同外，其他人稱物主代詞的單複數形式均不同。第三人稱物主代詞的單數形式隨所有人的性別的變化而變化。

I'm looking for Helen's trainers. Perhaps these are **hers**.

我正在找海倫的運動鞋，也許這雙是她的。

These are our seats and the ones in front are **yours**.

這些是我們的座位，前面的座位是你們的。

物主限定詞	物主代詞
my	**mine**
your（單數）	**yours**
his	**his**
her	**hers**
its	（無）
our	**ours**
your（複數）	**yours**
their	**theirs**

注意這些詞的拼寫都不帶撇號。要避免把 its 寫成 it's 這樣的錯誤。It's 是 it is 的縮略式。

The demonstrative pronouns 指示代詞

指示代詞用來代替名詞短語，表示與說話者在時空上的距離，還表示語法上的數（單數或複數）。

	單數	複數
近指	**this**	**these**
遠指	**that**	**those**

● 指示代詞與指示限定詞的拼寫形式一樣（見第 160 頁）。指示代詞可替代含有同樣拼寫的指示限定詞的名詞短語。

Would you like to share some of this pizza with me?
你願意和我分吃這塊薄餅嗎？

Would you like to share **this** with me? 你願意和我分吃這個嗎？

I'd like you to put these things away before we go.
我希望我們走之前你收拾好這些東西 。

I'd like you to put **these** away before we go.
我希望我們走之前你收拾好這些。

● 用指示代詞直接指人被認為是不禮貌的，除非用於進行介紹。

John, **this** is Harry Forbes, my colleague.
約翰，這是我同事哈里・福布斯。

This is my husband, Rob. 這是我丈夫羅拔。

Mum, **this** is my form teacher, Miss Evans.
媽媽，這是我的班主任伊凡斯老師。

Relative pronouns 關係代詞

關係代詞：**who**、**whom**、**which**、**that**。

	人	物
主格	**who** 或 **that**	**which** 或 **that**
賓格	**whom** 或 **that**	**which** 或 **that**
物主限定詞	**whose**	**whose**

關係代詞用來連接從句和主句。

> *He might lose his job*, **which** would be disastrous.
> 他可能會失業，這將會很不幸。
> She promised *to give away all the money*, **which** was a bit rash.
> 她答應放棄所有錢，這樣做有點草率。

由關係代詞引導的從句叫做關係從句 **(relative clause)**。

關係代詞指代句中出現的名詞短語或代詞。所有關係代詞必須盡可能置於從句的開頭。只有介詞和連詞可置於關係代詞前面。

● 關係代詞的用法：

– 關係代詞 **that** 前無需介詞。

> That is *a kind thought*, **for which** I am most grateful.
> 想得如此周到，為此我感激不盡。
> This is *the person* **that** Annie was talking about.
> 這就是安妮正在談論的那個人。
> This is *the person* **about whom** Annie was talking.
> 這就是安妮正在談論的那個人。

– **which** 不能指代人。

> That is **_the car_** **which** she has just bought. 那就是她剛買的汽車。
> I have found **_a ring_** **which** you will love. 我發現了你會喜歡的戒指。

– **who** 和 **whom** 只限於指代人。

> He introduced me to **_his friend_**, **who** had just returned from China. 他介紹我給他一個剛從中國回來的朋友。
> I liked **_the actor_** **who** was playing Oedipus.
> 我喜歡扮演俄狄浦斯的那個演員。

– 在**限定性 (defining)** 關係從句中 （見第 274 頁），**that** 可用來代替 **which**，有時還代替 **who** 和 **whom**。

> I have found **_a ring_** **which** you will love. 我發現了你會喜歡的戒指。
> I have found **_a ring_** **that** you will love. 我發現了你會喜歡的戒指。
> She is **_the girl_** **who** was at Sam's party.
> 她就是參加山姆的派對的女孩。
> She is **_the girl_** **that** was at Sam's party.
> 她就是參加山姆的派對的女孩。

關係代詞的賓格形式用作動詞或介詞的賓語。由於 **whom** 較正式，因此在日常英語中，常用關係代詞 **who** 來替代。

> The late **Principal** of the College, **whom** we all remember with affection, left this bursary in her will.
> 深受我們懷念和愛戴的已故大學校長，在她的遺囑中留下了這項獎學金。

> I discovered **who** he was visiting.（中性）我發現他去拜訪誰了。
> I discovered **whom** he was visiting.（正式）我發現他去拜訪誰了。

● 在非正式書面語和口語中，**介詞**常置於動詞短語之後而不是在關係代詞之前。

   The girl **who** Brian was talking **to** seemed nervous.

   正跟布萊恩説話的那個女孩看起來有些緊張。

   The people **who** he had been working **for** that summer had offered him a permanent job.

   那年夏天僱用他的那些人給了他一份長工。

● 在非正式英語和口語中，用來指代從句中賓語的限定性關係代詞可被省略。

   He is the **person** (that/who/whom) Annie was talking about.

   他就是安妮正在談論的那個人。

   That is the **car** (which/that) she has just bought.

   那就是她剛買的汽車。

Interrogative pronouns 疑問代詞

疑問代詞 **who**、**whom** 和 **whose** 只用於指代人。疑問代詞 **which**
和 **what** 用於指代物。

	主格	賓格	所有格
人	who	whom	whose
物	which what	which what	

● 疑問代詞可就該詞所指代的物件進行提問。（見第 241 頁 **WH-** 詞）

Who is dancing with Lucy? 誰在和露茜跳舞？

Which of these books would you recommend?
你要推薦這些書中的哪本？

What do you do when you're on holiday? 假期裏你做甚麼？

Whose are these clothes? 這些衣服是誰的？

who 用於對人進行提問。

Who is that man over there?
那邊的那個男人是誰？

Who did this? 這是誰做的？

Who controls the day-to-day running of the business?
誰在掌控企業的日常營運？

what 用於對事物進行提問，對該問題的回答是開放性的。**what** 在
句中可以做主語或賓語。

What happened next? 接着發生了甚麼？

What did you have for lunch? 午飯你吃了甚麼？

which 用於對一組中特指的人或事物進行提問。

> **Which** do you prefer, working in theatre or film?
> 戲劇或電影工作，你較喜歡哪種？
> **Which** is your favourite *Simpsons* episode?
> 你最喜歡電視劇《辛普森一家》的哪一集？

whose 是代詞的所有格形式，用於表示某人是所有者。

> **Whose** is that sports car outside? 外面的跑車是誰的？
> **Whose** side are you on? 你站在誰的那邊？

– **whom** 是 **who** 的賓格形式，是一個非常正式的詞，常用於書面語。在口語中，常用 **who** 代替 **whom**。

> 非正式：
> **Who** do you have in mind? 你想起了誰？
> **Who** were you speaking to? 你在跟誰說話？

> 正式：
> **Whom** have you in mind? 你想起了誰？
> **To whom** were you speaking? 你在跟誰說話？

● 疑問代詞的賓格形式用在介詞後。在非正式和日常用法中，介詞可以放在句尾。

> **Who** does this belong **to**?（非正式）這個屬於誰？
> **To whom** does this belong?（正式）這個屬於誰？

Indefinite pronouns 不定代詞

不知道或沒必要指明所指代的人和物時，可用不定代詞。不定代詞可指代性（gender）與數 (number) 都不明確的某人、某物或 組人或物。

Someone will have to tell her that she's failed.
必須有人告訴她，她不及格。

Everybody had a wonderful time. 每個人都玩得很開心。

Anything is better than nothing. 有總比沒有好。

Nothing can make up for this loss. 甚麼也不能彌補這個損失。

Some people like that sort of thing. **Others** don't.
有些人喜歡那種東西，有些人卻不。

● 根據意義，不定代詞可分為以下幾類：

A 類：表示大約的數量。most、some、any、none、all、both、half、several、enough、many、each

Many find it impossible to cope. 許多人發現這個無法處理。

Congratulations from **all** at the club. 來自俱樂部所有人的祝賀。

Judging by the comments, **most** wanted her to stay on.
從評論來看，大多數人希望她繼續留下。

Although we lost a lot of stuff in the fire, **some** was saved.
儘管在大火中我們損失了許多東西，有些還是搶救了出來。

Enough has been said on this topic to fill a book.
關於這個話題説得夠多了，足可以寫成一本書。

B 類：表示選擇。either、neither

Could you bring me one of those spanners? **Either** will do.
你能給我帶個扳手過來嗎？哪個都行。

Neither was keen on a traditional wedding.
兩個人都不喜歡傳統婚禮。

C 類：沒有指明的人或物。

someone 某人	somebody 某人	something 某事
no one 沒有人	nobody 無人	nothing 沒有甚麼
anyone 任何人	anybody 任何人	anything 任何事物
everyone 每個人	everybody 每個人	everything 每件事物

注意用 **no one**，不用 **no-one**。

● 有時很難確定 C 類代詞之後的限定詞或代詞的**性**和**數**。傳統做法是，C 類代詞之後的限定詞或代詞用**單數**（his 或 her）。但實際上，大多數人使用複數形式（their），以避免用 his or her 這樣繁瑣的說法。

Everybody has **their** ups and downs. 每個人都會有起起跌跌。
Has **anybody** finished **their** lunch yet? 有人吃完了午飯嗎？
No one in **their** right mind goes on holiday there in January.
任何一個有理性的人都不會在一月份到那裏度假。

● 許多代詞，尤其 A 類和 B 類中的代詞，與限定詞的形式一樣。
（見第 160 頁）

分辨的方法是看該詞是否能夠獨立做動詞的主語、賓語或補語；如果是的話，一定是**代詞 (pronoun)**；如果用在名詞之前，則是**限定詞 (determiner)**。

作為代詞：

> **Both** were given life sentences. 兩個人都被判無期徒刑。
>
> **Several** managed to escape. 幾個人設法逃跑了。
>
> I've found **some**! 我找到了一些！

作為限定詞：

> **Both men** were given life sentences. 兩個人都被判終身監禁。
>
> **Several sheep** managed to escape. 幾隻羊竟然逃跑了。
>
> I've found **some scrap paper**. 我找到了一些便條紙。

● A 類和 B 類中的代詞與部分名詞的用法一樣，可與 **of** ＋ 名詞短語或人稱代詞連用。

> **None** of the children were hurt, but **most** of them were rather upset.
> 雖然孩子們沒有受傷，但大多數都感到很難過。
>
> **Neither** of his parents remarried. 他父母都沒再婚。

Prepositions 介詞

介詞是將不同成分連接在一起的常見詞組。介詞數量不多但很常用,而且大多數介詞都有較多含義。

簡單介詞 (simple preposition) 由一個詞構成,如 in、on、under 等。複合介詞 (complex preposition) 由兩個或兩個以上的詞構成。如 due to、together with、on top of、in spite of、out of 等。

- 介詞可以:

– 表示**位置**的移動。

– 表示**地點**和**時間**。

- 介詞後面一般可接:

– 名詞短語。

in **time** 及時	over **the edge** 過界
under **the table**	together with **my friends**
在桌子下面	和我朋友一起

– 動詞的 **-ing** 形式。

Thanks **for looking**. 謝謝觀看。

He picked up some extra cash **by working** in a bar at night.
他靠晚上在酒吧工作賺外快。

– 關係代詞 (**WH-** 詞)。

He's married to Rachel, **with whom** he has one daughter.
他和雷切爾結了婚,並和她有了一個女兒。

● 在日常會話中,介詞常置於關係從句末尾而非開頭。(見第 274 頁)

> That's the girl we were talking **about**.
> 那就是我們正在談論的女孩。
> That's the man (**who**) I gave the money **to**.
> 那就是我給錢的那個人。

● 像及物動詞一樣,介詞要帶賓語。介詞和名詞短語連用,叫做**介詞短語 (prepositional phrase)**。

介詞短語可用作**狀語 (adverbial)**。

> He put the flowers **on the table**. 他將花放到桌子上。
> She shut the dog **in the kitchen**. 她將狗關在廚房裏。
> He found the papers **in time for the meeting**.
> 他及時找到了開會用的文件。

介詞短語還可用作**後置修飾語 (postmodifier)**。

> **The house *on the corner*** has at last been sold.
> 在拐角處的房子最終被賣掉了。
> **The flowers *on the table*** are from Tim.
> 桌上的花是添送的。
> **A bird *with brilliant plumage*** roamed the lawns.
> 一隻羽毛很漂亮的鳥在草地上走來走去。

● 介詞與某些動詞連用,形成新的含義,所構成的短語是**短語動詞 (phrasal verb)** 的一種類型。(見第 77 頁)

> I **believe in** his innocence. 我相信他的清白。
> I **stand for** justice. 我支持正義。
> She **went through** a bad patch. 她經歷了一段艱難時期。

● 以下是常用的普通介詞。有些詞既是**介詞**又是**副詞**，這取決於其用法以及和甚麼詞搭配。下列詞中的斜體詞既是介詞又是**副詞**。

> *aboard*, *about*, *above*, *across*, *after*, against, *along*, *alongside*,
> amid, among, *around*, as, at, atop, bar, *before*, *behind*,
> *below*, *beneath*, *beside*, *between*, *beyond*, *by*, despite, *down*,
> during, for, from, *in*, *inside*, into, like, *near*, *of*, *off*, *on*, onto,
> *opposite*, *outside*, *over*, *past*, pending, per, prior, pro, re,
> regarding, *round*, *since*, than, *through*, *throughout*, till, to,
> towards, *under*, *underneath*, until, unto, *up*, upon, via,
> with, *within*, *without*

● 以下例句說明介詞可用作副詞：

> He went **in**. 他進去了。
> I took it **through**. 我弄明白了。

● 動詞後不能隨意接介詞，常有比較固定的搭配，如 rely on、speak to、give to 等。

如果改變了動詞後的介詞，短語動詞的意義也會發生變化。

> check **for**、check **on**、check **over**、speak **to**、speak **about**；
> talk **to**、talk **with**

介詞可以表達各種關係，它們主要涉及地點或時間。有些介詞有不止一種意思，這取決於大家對所涉及的時間和地點的理解。

Preposition of location 方位介詞

介詞可以表示:

- 移動方向:towards、from、to、off。

    They ran **towards** the station. 他們向車站跑去。
    He took the road **from** the town **to** the nearest village.
    他選擇了一條從城鎮通往最近鄉村的路。

- 被圍住:within、in、inside、outside。

    The lake can be seen from most positions **within** the room.
    在這個房間的大多數位置都可看到湖。
    There seems to be something loose **inside** the control box.
    控制箱內有些東西似乎鬆了。
    You have to stand **outside** the room while we make up some questions. 我們編問題時,你必須站在屋外。
    Did you put the cheese back **in** the fridge? 你將芝士放回雪櫃了嗎?

- 在某一點上:on、at、by、near。

    Don't stand **on** the beds. 別站在牀上。
    I'll meet you **at** the library. 你我在圖書館見。
    There is a huge park **near** where I live.
    靠近我住的地方有個很大的公園。

- 越過或來到某個地方:over、across、on、onto。

    Graham jumped **onto** the back of the lorry.
    格雷厄姆跳上卡車的尾部。
    He slid the packet **across** the table. 他將小包從桌上推了過去。
    Warms tears flowed **over** his cheeks 熱淚流過他的臉頰。

– 沿着一條線：along、over、on。

> We walked **along** the bank of the river. 我們沿着河岸走。
>
> Please sign **on** the dotted line. 請在虛線上簽名。

Preposition of time 時間介詞

介詞可以表示：

– 某一時間點或某個日期：at、on、in。

> The baby arrived **at** 9 pm. **on** April 1st.
>
> 嬰兒在 4 月 1 日晚上 9 點出生。
>
> They got married **in** June. 他們 6 月結的婚。
>
> I'll be with you **in** five minutes. 五分鐘後我會和你在一起。

– 一段時間或某個時間點，標誌着某種變化：before、after、since、until。

> We lived there **before** Mother died.
>
> 媽媽去世之前我們住在那裏。
>
> I went to that school **until** I was sixteen.
>
> 十六歲之前我一直在那間學校上學。
>
> I usually go there **after** work. 下班後我經常到那裏。

– 某個事件的延續：for。

> Helen stayed there **for** the whole of July.
>
> 海倫整個 7 月都留在那裏。

Word order in sentences　句子中的詞序

英語句子中的詞序非常重要。詞序的變化常引起意義的變化。

其他語言大多採用詞的**屈折變化 (inflection)** 來表示句子成分在句中的功能。英語中的屈折變化很少，所以詞在句中的位置（句法）是非常重要的。

Neutral word order 中性詞序

大多數句子由主語和對主語的描述部分構成，因而句子可以分為**主語 (subject)** 和**謂語 (predicate)** 兩部分。

> John (subject) bought the tickets on Saturday (predicate).
> 約翰（主語）週六買了票（謂語）。

> The wall (subject) was torn down (predicate).
> 牆（主語）被推倒了（謂語）。

> My elderly mother (subject) is rather deaf (predicate).
> 我年邁的媽媽（主語）耳聾嚴重（謂語）。

大多數句子將所承載的資訊以這種順序排列，這叫做中性詞序。如果中性詞序發生變化，句子的意思也隨之發生變化。

> The **cat** killed the dog. 貓殺死了狗。
> The **dog** killed the cat. 狗殺死了貓。
> The **child** watched the rabbit. 小孩看着兔子。
> The **rabbit** watched the child. 兔子看着小孩。

Word order in simple sentences 簡單句的詞序

只包含一個語句 (clause) 的句子叫做簡單句 (simple sentence)，在英語書面語和口語中，簡單句是最常見的句式。簡單句的詞序隨着以下句式的變化而變化：

– 陳述句 (statement)：

> **I saw you** at the theatre on Saturday night.
> 星期六晚上我在劇院見到了你。
>
> **I didn't see you** at the theatre on Saturday night.
> 星期六晚上我在劇院沒見到你。

– 疑問句 (question)：

> **Did I see you** at the theatre on Saturday night?
> 星期六晚上我在劇院見到了你嗎？
>
> **Didn't I see you** at the theatre on Saturday night?
> 星期六晚上我在劇院沒見到你嗎？

– 祈使句 (command)：

> **You should buy** a ticket now. 你應該現在買票。
> **You shouldn't buy** a ticket yet. 你現在不該買票。
> **Buy** a ticket now. 現在買票。
> **Don't buy** a ticket now. 現在別買票。

肯定句和否定句的詞序不同。

Focusing 強調某個成分

如果想將讀者或聽者的注意力集中到某個特定的詞或短語上，可改變詞序以示強調，比如把主語放到最後、將句子一分為二或者重複句子的某個成分。

> We used to call him 'Fuzzy'. 我們過去常叫他 Fuzzy。
> 'Fuzzy', we used to call him. Fuzzy，我們過去常這樣叫他。
> Didn't we use to call him 'Fuzzy'? 我們過去不是常叫他 Fuzzy 嗎？
> 'Fuzzy' was what we used to call him.
> Fuzzy 是我們過去對他的習慣稱呼。
> It was 'Fuzzy' we used to call him. 我們過去常常叫他 Fuzzy。

Declarative, interrogative, and imperative statements 陳述句、疑問句和祈使句

不同類型的句子可提供不同的資訊，比如肯定、疑問、請求、命令、否定或回答等，而這些都要通過句子成分的選擇和詞序的安排來實現。

- 大部分肯定句和否定句都是**陳述句 (declarative statement)**。陳述句的一個重要特徵是主語置於動詞之前。

    Our dog **eats** any old thing. 我們的狗見舊東西就咬。
    Our dog **won't** just **eat** any old thing. 我們的狗不光咬舊東西。
    The dog **has** already **been fed**. 狗已經餵過了。
    The dog **hasn't been fed** yet. 狗還沒餵。
    We **have** already **won** several races. 我們已經贏了幾場比賽。
    We **haven't won** any races yet. 我們還沒贏過任何比賽。

- 大部分**疑問句 (interrogative statement)** 表示提出問題。疑問句的一個重要特徵是主語置於助動詞之後。

    Does your dog **eat** any old thing? 你的狗見舊東西就咬嗎？
    Has the dog already **been fed**? 餵過狗了嗎？
    Hasn't the dog **been fed** yet? 還沒餵狗吧？
    Have you **won** any races yet? 你們贏過甚麼比賽嗎？
    Haven't you **won** any races yet? 你們還沒贏過甚麼比賽吧？

- 疑問句的主語置於句首時，充當主語的這個詞一定是個特殊疑問詞。

    Who won the race? 誰贏了比賽？
    Which team **was** it? 這是哪個隊？

– 有時也可用陳述句提問，但説話者要採用特殊語調。

> **You're telling me** he has a new car? I don't believe it.
> 你是説他有輛新車？ 我不信。
> **It's raining** again? That makes three days running.
> 又下雨了？ 這可就一連下了三天了。

● 許多表示命令的句子是**祈使句 (imperative statement)**。祈使句中沒有主語，其邏輯主語是 you。祈使句的命令語氣會顯得有些無禮或不耐煩。

> **Eat** up quickly. We have to go! 快點吃，我們必須出發了！
> **Leave** me alone. 別煩我。
> On your marks, **get set ... go**! 各就各位，預備，跑！

– 請求也是命令的一種，用疑問句提出請求聽起來更禮貌。

> **Would you** feed the dog, please. 請你餵一下狗好嗎？
> **Would you mind** shutting the door. 請你關上門好嗎？
> **Could I have** that now, thank you. 現在我能拿那個嗎？謝謝。

– 但是，不是所有的祈使句都表示命令，也可以是社交用語。

> **Have** a nice day. 祝你今天過得愉快。
> **Get** well soon. 祝你早日康復。
> **Help** yourselves to coffee. 請自備咖啡。

– 另外，還可採用**虛擬語氣的形式 (subjunctive form)** 表示命令，但在現代英語中幾乎不再使用。虛擬語氣現在主要用於表示不太可能發生的事情。

> If I **were** Prime Minister, I'd spend more money on education.
> 如果我是首相，我會將更多錢花在教育上。

The declarative 陳述句

陳述句用於進行陳述，其核心成分是主語及其後面的動詞短語。陳述的內容通常是一個事實或一種看法，可以進行肯定陳述或者否定陳述。

Kate is not working after all. 畢竟凱特不是在工作。

Tim wasn't reading your diary. 添不是在閱讀你的日記。

Helen wasn't talking about you. 海倫不是在談論你。

I'm not going on holiday this year. 我今年不去度假。

● 陳述句的詞序：

主語 ＋ 動詞短語

Kate is working. 凱特正在工作。

Tim was reading. 添正在閱讀。

Helen stared at me in surprise. 海倫吃驚地瞪着我。

主語 ＋ 動詞短語 ＋ 直接賓語

Ross is writing a letter. 羅斯正在寫信。

Pam borrowed three library books. 帕姆借了三本圖書館的書。

Stephen ordered vegetarian lasagne. 史提芬點了素食千層麵。

主語 ＋ 動詞短語 ＋ 狀語

Dominic was eating very slowly. 多米尼克正在慢條斯理地吃飯。

Lyndsey was studying in her room. 林賽正在她的房間裏讀書。

Mikhail laughed nervously. 米凱爾膽怯地笑了一笑。

主語 ＋ 動詞短語 ＋ 直接賓語 ＋ 狀語

> Dominic was eating his lunch very slowly.
> 多米尼克正慢條斯理地吃午飯。
> Lyndsey had been reading a book in her room.
> 林賽一直在她房間裏看書。

某些動詞必須後跟賓語，如 see、find、prefer、take 等。

> She saw **her friend**. 她看見了她的朋友。
> He found **a camera**. 他發現了一部照相機。
> They took **a holiday brochure**. 他們帶了一本假日小冊子。

某些動詞需要或可帶**直接**賓語和**間接**賓語，如 give、buy、offer 等。

> Laura offered *me* **another biscuit**. 勞拉又給了我一塊餅乾。
> Scott's uncle bought *him* **a new bike**.
> 斯高的叔叔給他買了一輛新自行車。

● 帶雙賓語時的詞序：

主語 ＋ 動詞 ＋ 間接賓語 ＋ 直接賓語

> Kate gave *the dog* **a bone**. 凱特給了狗一塊骨頭。
> Stuart bought *Marie* **a birthday present**.
> 斯圖爾特給瑪麗買了一件生日禮物。

若直接賓語在前，可在間接賓語前 ＋ to/for：

主語 ＋ 動詞 ＋ 直接賓語 ＋ **to/for** ＋ 間接賓語

> Kate gave **a bone** *to the dog*. 凱特給了狗一塊骨頭。
> Stuart bought **a birthday present** *for Marie*.
> 斯圖爾特給瑪麗買了一件生日禮物。

- 某些動詞必須後跟賓語和狀語或者只跟狀語。如 put、place、stand 等。

  Richard placed **the computer *on the table***.
  理查德將電腦放在桌上。
  Diana put **her jeans *in the drawer***.
  黛安娜將她的牛仔褲放進抽屜裏。
  Michael stood ***in the middle of the pitch***. 米高站在球場中間。

- 另外一種陳述句與上述提到的陳述句的基本詞序相同（**主語 + 動詞短語 + 直接賓語**）（見第 230 頁），只是**補語**取代了直接賓語。即：主語 + 動詞短語 + 補語。（關於補語見第 233 頁，關於賓語見第 2 頁）

  Elisabeth seems to have been **rather worried** lately.
  伊麗莎伯最近好像悶悶不樂。
  This dessert is **delicious**. 這道甜點太好吃了。

Complements 補語

有些動詞後面不帶賓語帶**補語**，如 be、become、seem 等連繫動詞 (link verb)。

- 描述主語的詞或短語叫**主語補語**（又稱**主語補足語**）**(subject complement)**。

   Alan is **a nice person**. 阿倫是一個和藹的人。

   Rajiv is **a psychiatric nurse**. 拉吉夫是一名精神科護士。

   Alison seems **very well balanced**. 艾莉森似乎很理智。

   Rosamund is **herself** again. 羅莎蒙德恢復正常了。

   That's **it**！就這樣！

   This is for **you**. 這是給你的。

動詞將主語與主語補語連在一起。詞序為：

主語 + 動詞 + 主語補語

主語補語可以是名詞短語、代詞、形容詞或介詞短語。

- 大多數置於連繫動詞（如 appear、be、become、look、seem、smell、taste 等）之後的形容詞叫做**表語形容詞 (predicative adjective)**，用作主語補語。

   The tickets seemed **expensive**, but the show was **excellent**.
   票似乎很貴，但演出很精彩。

   These little cakes are **delicious**. 這些小蛋糕非常好吃。

   Soon afterwards, Patrick became **ill**. 過了不久，派翠克就病了。

   Jackie appeared **friendly enough** when I first met her.
   我第一次見到傑克時，她看上去非常友好。

● **賓語補語**（又稱**賓語補足語**）**(object complement)** 置於賓語之後，用來描述直接賓語，不如主語補語常見。

– 既帶賓語又帶賓語補語的動詞有 make、call、appoint 等，詞序為：

主語 + 動詞 + 直接賓語 + 賓語補語

> Peter's phone call made **Maureen** *happy*.
> 彼得的來電使莫琳很高興。
> She called **me** *a fool*. 她叫我白癡。
> They appointed **him** *Director*. 他們任命他為董事。

Word order in negative statements
否定句的詞序

在否定句中，主語和賓語的基本詞序與肯定句中的詞序相同。

> John has gone to school. 約翰上學去了。
>
> John has **not** gone to school. 約翰還未上學。

● 不同於肯定句的是，否定句必須包含 **not**，並且作為動詞短語的一部分必須包括以下任何一種成分：

– 基本助動詞 (**primary auxiliary verb**)：

> She **had not** arrived in time for lunch. 她沒有及時趕上吃午飯。
>
> Kate **is not** working this evening. 凱特今晚不是在工作。
>
> Tim **was not** reading your diary. 添不是在讀你的日記。

– 情態助動詞 (**modal auxiliary verb**)：

> I warn you, he **may not** want to come. 我告誡你，他可能不想來。
>
> Ailsa **could not** see the road clearly. 艾爾薩看不清路。

– **be** 的一種形式（用作主動詞）：

> That **is not** my book. 那不是我的書。

在第一個助動詞後加 not，後加主動詞。

詞序為：

主語 ＋ 助動詞 ＋ **not** ＋ 主動詞

● 否定句還可包含一個情態動詞和一個或多個助動詞。

> I *may* **not** *have* gone by the time you arrive.
> 你到的時候我可能還未走。

They ***could*** not ***have*** seen her–they were asleep in bed.

他們不可能見到她 —— 他們都睡着了。

They ***should*** not ***have been playing*** in the road.

他們不應該在路上玩耍。

詞序為：

主語 + 情態動詞 + not + 基本助動詞 + 主動詞

● 如果動詞短語不包含上面提到的基本助動詞、情態助動詞或 be 的某種形式，就有必要添加**輔助助動詞 (supporting auxiliary verb) do**。

在 **do** 之後加 **not**，再加動詞原形。

do 的形式取決於主動詞是一般現在時還是一般過去時。

He runs. 他跑步。

He **does not** run. 他不跑步。

He ran. 他跑步了。

He **did not** run. 他沒有跑步。

Lynn **does not** work overtime now. 林恩現在不加班了。

The bus service **did not** run on Sundays.

巴士逢週日不提供服務。

詞序為：

主語 + 助動詞 do + not + 主動詞

（有關輔助助動詞見第 238 頁）

● not 的形式：**not** 的縮略式是 **n't**，口語中很常用，可用在除 am 之外的助動詞後。

He **doesn't** run. 他不跑步。

He **didn't** run. 他沒跑步。

Lynn **doesn't** work on Sundays. 林恩逢週日不工作。

She **hasn't** been to work all week. 她整週都沒去工作。

He **isn't** going to come after all. 他始終不打算來。

Bill went swimming but Ann **didn't** fancy it.
比爾去了游泳，但安不喜歡。

not 的完整形式常用於書面語。

can + **not** 通常寫成 **cannot**。

She **can't** come. 她不能來。

She **cannot** come. 她不能來。

● 其他含有否定意義的詞有 **never**、**barely**、**hardly**、**scarcely**、
rarely，用在陳述句中詞序不變。

She **doesn't buy** Vogue. 她不買《時尚》雜誌。

She **never buys** Vogue. 她從不買《時尚》雜誌。

He **barely** earns enough to live on. 他掙的錢勉強夠維持生計。

I **hardly** think that is going to put them off.
我幾乎沒想到那會干擾他們。

The interrogative 疑問句

用來提出疑問的句子叫做疑問句。由動詞短語後接主語組成。

疑問句主要有兩類：一般疑問句（用 yes 或 no 來回答的疑問句）和特殊疑問句（需要具體回答或以 I don't know. 作答的疑問句）。

兩種類型的疑問句都有其特定的詞序。

Yes/no questions 一般疑問句

用 yes 或 no 來回答的疑問句叫做**一般疑問句**或**兩級疑問句 (polar question)**。

詞序為：

情態動詞 / 助動詞 ＋ 主語 ＋ 動詞原形

> **Were** the dogs barking? 狗在狂吠嗎？
>
> **Have** you been dieting? 你一直在節食嗎？
>
> **Can** Mahmoud come too? 馬哈茂也能來嗎？
>
> **Must** you go so soon? 你必須這麼快就走嗎？
>
> **Would** you like a chocolate? 你要吃一塊朱古力嗎？

如果疑問句中不包含情態動詞或助動詞，則將輔助助動詞 **do** 的適當形式放在主語之前，再接動詞**原形**。

> **Does** he enjoy tennis? 他喜歡網球嗎？
>
> **Do they** play a lot? 他們經常玩嗎？
>
> **Did that** surprise his mum? 那使他媽媽感到驚訝嗎？

一般疑問句也有否定形式。**一般疑問句的否定形式**通常用 **not** 的縮略式 **n't**。縮略否定式須放在主語之前。

Doesn't he like talking about his childhood?

他不喜歡談他的童年嗎？

Can't Peter have one too? 彼得不能也有一個嗎？

Don't you speak French? 你不會説法語嗎？

Wouldn't you like to know a bit more about this?

關於這個你不想了解更多嗎？

如果用 **not** 的完整形式，則須將 not 放在主語之後。not 的完整形式是正式用法。

Does he **not** like talking about his childhood?

他不喜歡談他的童年嗎？

Do you **not** want to know what it was about?

關於這個你不想了解更多嗎？

Can Peter **not** have one too?

彼得不能也有一個嗎？

WH- questions 特殊疑問句

如果想得到不是 yes 或 no 而是更具體的回答，就要用**特殊疑問句**或非兩級疑問句 **(non-polar question)** 提問。疑問詞如 **who**、**whom**、**whose**、**what**、**which**、**when**、**where**、**why**、**how** 都可用於構成特殊疑問句。這些詞又叫做 **WH-** 詞。（見第 241-244 頁）

一般疑問句：

Did you ring the school? 你給學校打電話了嗎？

— Yes, I did. 是的，我打了。

Was she all right in the end? 她最後一切可好？

— No./ I don't know. 不。／我不知道。

Have you seen Ali yet? 你見到阿里了嗎？

— Yes, I have. 是的，我見到了。

特殊疑問句：

Who was that man? 那個人是誰？

— He's my geography teacher. 他是我的地理老師。

What did he say when you told him the news?

當你告訴他這個消息時，他說了甚麼？

— He was too surprised to say anything. 他驚訝得說不出話來。

When did you see Ali? 你甚麼時候見到阿里的？

— Last Wednesday. 上週三。

Where is Peter going? 彼得要去哪裏？

— To work. 去工作。

When did they arrive? 他們甚麼時候到的？

— Yesterday. 昨天。

Why have you stopped going running?

你為甚麼停止了跑步？

— The doctor told me to. 醫生要求我的。

WH- words WH- 詞

WH- 詞也叫做**疑問詞**，用於構成**特殊**疑問句。它們可用作限定詞、
副詞或代詞。

WH-determiners WH- 限定詞

限定詞 **what**、**which**、**whose** 可以做下列提問：

– 對名詞進行提問。

> **What book** are you reading? 你正在讀甚麼書？
> **Which plane** is he catching? 他正在趕哪個航班的飛機？
> **Whose jacket** is this? 這件夾克是誰的？

– 對代詞 one 或 ones 進行提問。

> **Which one** would you like? 你喜歡哪個？
> **Which ones** did Ruth want? 魯斯想要哪些？

● 限定詞 **which** 可構成選擇疑問句，也可與介詞 of 連用。

> **Which colour** shall we use? 我們將用哪種顏色？
> **Which book** sells the most copies? 哪本書賣得最多？
> **Which of these colours** shall we use?
> 這些顏色中我們將用哪一種？
> Of all your novels, **which of them** did you enjoy writing the most?
> 在你所有小說中，哪本是你最享受寫作的？

● 限定詞 **whose** 可就所有權進行提問。

> **Whose** mother did you say she was? 你說她是誰的媽媽？
> **Whose** bag is this? 這是誰的包？

WH- adverbs WH- 副詞

WH- 副詞 **when**、**where**、**how**、**why** 可構成以下問句：

when 用於詢問時間。

> **When** will they arrive? 他們將甚麼時候到？
> **When** shall I see you again? 我甚麼時候將能再見到你？

– **where** 用於詢問地點。

> **Where** are you going? 你去哪裏？
> **Where** have you been? 你去了哪裏？
> **Where** is your coat? 你的外套在哪裏？

– **how** 用於詢問方式。

> **How** did you get here? 你怎麼來到這裏？
> — We came by train. 我們坐火車來。
> **How** does this thing work? 這東西怎麼操作？

– 用 **why** 詢問原因和目的，由帶 because 的從句作答説明原因，或用帶 to 的動詞不定式回答説明目的。

> **Why** is the baby crying? 為甚麼嬰兒在哭個不停？
> — **Because** she's hungry. 因為她餓了。
> **Why** are you saving your money? 你為甚麼在存錢？
> — **To buy** a bike. 為了買自行車。

– 用 **how much** 詢問不可數名詞指代的數量，**how many** 詢問可數名詞的數目，有時可省略所指代的名詞。

> **How much** money did they take? 他們帶了多少錢？
> — All of it. 所有錢。
> **How much** does it cost? 這東西要多少錢？
> — £4.20. 4.20 英鎊。
> **How many** packs do you want? 你想要多少包？
> — Twelve, please. 十二包。

How many do you want? 你想要多少？

－ Twelve, please. 十二個。

－ **how** 與形容詞（old、big、far 等）或副詞（often、soon、quickly 等）連用，對程度、比率、時間進行提問。

How far is it to the station? 到車站有多遠？

－ About five kilometres. 大約五公里。

How often does he come? 他多久來一次？

－ Not very often. 不常來。

WH- pronouns WH- 代詞

代詞 **who**、**whose**、**which**、**what** 可用作動詞的主語或賓語。

Who can help me? 誰能幫我？

Whose is the new sports car outside? 外面的新跑車是誰的？

Which was your best subject at school?

你在學校哪個學科成績最好？

What happened next? 之後發生了甚麼事？

What have you got to take with you to camp?

你隨身帶了甚麼去露營？

疑問代詞 **whose** 可用來對物品所有人進行提問。（關於疑問代詞和關係代詞見第 203-204 頁）

Whose is the motorbike parked outside?

停在外面的摩托車是誰的？

Whose is this? 這是誰的？

● **who** 和 **whom** 用作賓語的情況：

－ 在非常正式或舊式英語中，**whom** 用作動詞或介詞的賓語。

Whom did you talk to? 你跟誰談過呢？

Whom would you rather have as a boss? 你寧願誰當老闆？

除了最正式的情況以外，現代英語更傾向於用 **who** 而非 **whom**。

> **Who** did you talk to? 你跟誰談過呢？
> **Who** would you rather have as a boss? 你寧願誰當老闆？

如果 **whom** 用作介詞的賓語，介詞放在 **whom** 之前。

> **To whom** did you speak? 你跟誰説話？
> **With whom** did she go? 她跟誰去的？

如果 **who** 用作介詞的賓語，介詞放在句末。

> **Who** did you speak **to**? 你跟誰談過？
> **Who** did she go **with**? 她跟誰去了？

● 詞序：— 疑問代詞做主語時，與陳述句詞序相同：

疑問代詞（主語）+ 主動詞

> **Who can help** me? 誰能幫我？
> **Whose is** that motorbike parked outside?
> 停在外面的那輛摩托車是誰的？
> **Which was** your best subject at school?
> 你在學校哪個學科成績最好？
> **What happened** next? 之後發生了甚麼事？

— 疑問代詞做賓語時，詞序與疑問句的詞序相同：

疑問代詞（賓語）+ 基本或情態助動詞 + 主語 + 動詞原形

> **What do you have** to take with you to camp?
> 你隨身帶了甚麼去露營？
> **What has Jonathan done** now? 現在喬納森完成了甚麼？

● 在非正式的英語口語中，説話者想表達震驚或懷疑時，疑問詞可放在句末。

> You did **what**? 你做了甚麼？

Sentence tags 反意疑問句

附加語 (tag) 看似一個疑問句，附在陳述句之後，對陳述句所敍述的事實提出相反的疑問，全句稱作反意疑問句。附加語有時叫**疑問附加語 (question tag)**。但許多以疑問附加語結尾的句子並不是真正的問句，而是説話者想確認聽者是否同意他所説的話。反意疑問句常用於英語口語中，很少用於正式的英語書面語中。

● 疑問附加語的用法：— 疑問附加語附在陳述句之後。如果助動詞 **be**、**have** 或情態動詞是句中動詞短語的一部分，在疑問附加語中要重複這些詞。

> It **isn't** raining again, **is it**? 天沒再下雨，是嗎？
> You**'ve seen** the programme, **haven't you**?
> 你已看過節目了，是不是？
> Well, we **can't jump** over it, **can we**? 哎呀，我們跳不過去，是嗎？
> You **will come**, **won't you**? 你會來的，是不是？

如果主動詞是一般現在時或一般過去時，在疑問附加語中用 **do**。

> He certainly **likes** eating, **doesn't he**? 他的確喜歡吃，是不是？
> I **slipped up** there, **didn't I**? 我在那裏滑倒的，是不是？

在否定疑問附加語中，常用 **not** 的縮略式 **n't** 。縮略式 **n't** 須放在助動詞之後。

> He certainly **likes** eating, **doesn't he**? 他的確喜歡吃，是不是？
> I **slipped up** there, **didn't I**? 我在那裏滑倒的，是不是？
> They **went** with you, **didn't they**? 他們跟你一起去了，是不是？

does he not、did I not、have you not 等是舊式用法，常用於英語方言中。

疑問附加語中的代詞必須與主動詞的主語一致。

> **You** aren't listening, are **you**? 你不是在聽,是嗎?
>
> **He** reads a lot, doesn't **he**? 他讀很多書,是不是?

疑問附加語可以是**否定**形式:

> They **went** with you, **didn't they**? 他們跟你一起去了,是不是?

也可以是**肯定**形式:

> Your father **doesn't belong** to the golf club, **does he**? 你爸爸不是高爾夫俱樂部的會員,是嗎?

通常,陳述部分如果是肯定形式,疑問附加語是否定形式,反之亦然。兩個部分都是肯定形式的情況很少見。如果句子的兩部分都是肯定形式,這種反意疑問句有時帶有咄咄逼人或尖酸刻薄的語氣,因此使用時必須謹慎。

> I see, you **think** I'm a fool, **do** you?
> 我知道,你認為我是個白癡,是嗎?
>
> So you **smoke** now, **do** you?
> 所以你現在抽煙了,是嗎?

● 同一個疑問附加語,用不同的語調説出來,其意義會不同。

> 降調:表示陳述
> She's gone out, hasn't she? 她出去了,是不是?
>
> 升調:表示疑問
> She's gone out, hasn't she? 她出去了,是不是?

根據反意疑問句句末語氣的升調或降調,來判定反意疑問句是陳述事實還是提出疑問;然而不論是哪一種,句末必須用問號。

● 反意疑問句有以下幾種用法：

– 表示說話者希望聽者同意他的觀點，聽上去往往不像疑問句。

主動詞的肯定形式 + 疑問附加語的否定形式

> Mary **will pass** her driving test this time, **won't she**?
> 這次瑪麗將通過駕駛考試，是不是？
> Richard **seems** to have lost interest in everything, **doesn't he**?
> 理查德似乎對一切都失去了興趣，是不是？

或者：**主動詞的否定形式 + 疑問附加語的肯定形式**

> Jessica **didn't care**, **did she?**
> 潔西嘉不在意，是嗎？
> Kerry **hadn't done** enough preparation, **had she**?
> 克麗沒做好足夠準備，是嗎？

– 表示說話者指出或評論聽者不能否認的事情，大多數情況下更像
  疑問句。

主動詞的肯定形式 + 疑問附加語的否定形式

> **You've** just **bought** a new car, **haven't you**?
> 你剛買了輛新車，是不是？
> Henry **has been** away already this year, **hasn't he**?
> 今年亨利已經離開了，是不是？

或者：**主動詞否定形式 + 疑問附加語的肯定形式**

> Desmond **hasn't been** to see you, **has he**?
> 德斯蒙德沒去看你，是嗎？
> Paula **wasn't** in your class at school, **was she**?
> 葆拉不在你的班裏，是嗎？

- 表示説話者對某事感興趣（在此情況下，會重複部分説話者所説過的話）。

主動詞的肯定形式 ＋ 疑問附加語的肯定形式

> You **saw** him in town, **did you**? 你在城裏見到了他，是嗎？
>
> **So**, you **come** from New Zealand, **do you**?
>
> 那麼，你來自新西蘭，是嗎？
>
> **So you've** just **come back** from skiing, **have you**?
>
> 那麼你們剛滑雪回來，是嗎？

反意疑問句用來表示對某事感興趣時，句子開頭常用 so。這種句式帶有質疑的語氣。

> Oh, so you**'ve been here** all the time, **have you**?
>
> 噢，這樣，你一直在這裏，是嗎？

● 含有 can、could、will、shall、would 的疑問附加語置於祈使句後，可使命令或要求聽起來更禮貌。

> Make me a cup of tea, **will you**?
>
> 給我沏杯茶，好嗎？
>
> Just wait a minute, **would you**?
>
> 稍等片刻，好嗎？
>
> Let's go to the cinema, **shall we**?
>
> 我們去看電影，好嗎？

The imperative 祈使句

Commands and orders 用於發佈命令或指令

祈使句可用於發佈命令或指令。祈使句沒有主語,謂語動詞一律用**動詞原形**。

> **Walk** to the corner, **turn** right, and **cross** the road.
> 走到拐角處,向右轉,然後穿過馬路。
>
> **Open** your mouth and **say** 'Aaaah'. 張開你的嘴,説"啊"。

儘管祈使句的主要特點是沒有**語法意義上**的主語,但 you(聽者) 是**邏輯**主語,通常不説出來。無論對一個人或多個人講話,祈使句的基本形式是相同的。

> Come on, **Mary**; I'm waiting. 快點,瑪麗,我正等着呢。
>
> Come on, **girls**; you're late. 快點,女孩們,你們遲到了。

祈使句還有一種特殊形式,即用 let's...(我們⋯⋯),這種情況下説話者往往也包括在內。(見第 247 頁)

祈使句的詞序:
動詞 + **賓語**(如果需要賓語的話)

否定祈使句的結構:**do** + **not** 或 **don't**

> **Don't lose** that key. 別丟了那把鑰匙。
>
> **Do not come back** without it! 沒有它,別回來!

● 祈使句可用於:

– 發佈命令。

> **Go** away. 走開。

Stop that. 停止那樣做。

Keep quiet. 保持安靜。

– 說明用法。

Don't use this spray near a naked flame.
不要在明火附近使用這種噴霧劑。

Apply the glue thinly and **leave** it for ten minutes. 塗上薄薄的一層膠水，然後放置十分鐘。

– 提出建議或警告。

Don't forget to take your passport with you. 別忘記隨身帶護照。

Be careful! 小心！

Don't go on the ice. 別在冰面上走。

– 提議或發出邀請。

Have a piece of cake. 吃塊蛋糕吧。

Come round and **see** me some time. 有時間順便過來看我。

● 在祈使句中，**do** + 主動詞 可用於：

– 有禮貌地強調。

Do take your coat off. 請務必脫掉你的外套。

– 加強說服力。

Do try to eat a little of this; it will be good for you.
試着吃一點這個吧，對你有益。

– 表示生氣。

Do stop talking! I'm trying to work. 別再說了！我正嘗試工作。

● 祈使句不是發佈指令或命令的唯一方法，也可用陳述句或疑問句給出命令。

> I'm certainly not going to get it – **you get it**.
> 我肯定不會去買的 —— 你買吧。
> **Would you get it**, then? I'm busy. 那你去買好嗎？我很忙。

Making suggestions 用於提出建議

let's (let + us) + 主動詞 只用於第一人稱複數，力勸某人與你一起做某事時用這種祈使句。這種形式既指説話者又指聽者，因此邏輯主語是第一人稱複數形式 we。

> **Let's visit** Malcolm this weekend. 這週我們去拜訪馬爾科姆吧。
> **Please let's go** to the cinema tonight. 今晚我們去看電影吧。
> **Do let's have** a look at your new computer, Chris.
> 克里斯，讓我們看你的新電腦吧。
> **Let's pool** our resources. 我們來集中一下資源吧。

● **let's** 祈使句的構成：以 **let's** 開頭表示建議的句子，通常以疑問附加語 **shall we**? 結尾。

> **Let's phone** her now, **shall we**? 我們現在打電話給她，好嗎？
> **Let's go** for a walk after supper, **shall we**?
> 晚飯後我們出去散步，好嗎？

在日常英語中，此類祈使句的否定結構是 **let's not + 主動詞** 或 **don't let's + 主動詞**。

> **Let's not worry** about that now. 我們現在別再擔心那事。
> **Don't let's worry** about that now. 我們現在別再擔心那事。

在正式英語中，此類祈使句的否定結構：**let us not + 主動詞**。

> **Let us not lose** sight of our aims. 我們可不能忘記我們的目標。

Do let's 是強調形式。

> It's a very good bargain; **do let's buy** it!
> 這太實惠了，我們還是買了吧！

− 正式用語或書面語常用的結構：**let us** + 主動詞。

> **Let us be** clear about this. 讓我們說清楚這個。
> **Let us** hope that this will never happen again.
> 讓我們希望這樣的事不會再發生。

● 對提出建議的 **let's** 祈使句的回答用 yes, let's 或 no, let's not 或 no, don't let's (...)。

> **Let's phone** her now, shall we? 我們現在給她打個電話，好嗎？
> − **Yes**, **let's**. 好的，打吧。
> **Let's phone** her now, shall we? 我們現在給她打個電話，好嗎？
> − **No**, **let's not**. 不，別打。
> **Let's invite** Malcolm over this weekend.
> 我們週末邀請馬爾科姆到家裏來吧？
> − No, **don't let's** do that. 不，不要邀請。

The vocative 稱呼語

祈使句常與稱呼語連用，你在發出命令或請求時需要提到對方的名字或身份（以其他方式）：

> **David**, come here! 大衛，過來！
> Come here, **David**. 過來，大衛。
> Hey, **you**, stop talking! 喂，你，別再説了！

稱呼語可以是專有名詞、代詞 you 或名詞短語。稱呼語可置於主句之前或之後。

● 稱呼語的用法：

稱呼語可以構成許多疑問句的一部分。

> **Peter**, do you know where I put the DVD?
> 彼得，你知道我把 DVD 放哪裏了嗎？
> Have you seen Chris recently, **Jenny**?
> 珍妮，你最近見過克里斯嗎？

稱呼語與疑問句連用表示請求。

> **Tony**, would you pass me the hammer?
> 東尼，你能把錘子遞給我嗎？
> Could I speak to you privately for a minute, **Sue**?
> 蘇，我能跟你私下談談嗎？

稱呼語與祈使句連用，表示命令。

> **Sam**, get off there！山姆，在那裏下車！
> **You**, come back！你，回來！

用 would you 可將命令句變為請求。

> **Would you stop** talking now, darling, and go to sleep.
> 親愛的,請別再説,上牀睡覺吧。
> **Would you get** off there, please, Sam. 山姆,請你在那裏卜車。

使用稱呼語的實際原因是為了提供邏輯主語,這樣目標聽者就會明白説話者的指令或要求,並照此去做。

注意:在句子中,稱呼語和其餘部分之間要用逗號。除非用於緊急警告,發出指令時使用稱呼語會讓人覺得無禮或唐突。

The subjunctive 虛擬語氣

虛擬語氣曾用於表述不可能出現的情況或表達一種願望。現代英式英語很少用虛擬語氣，但是在一些固定短語或正式的口語和書面語中則常用。

> God **save** the Queen! 願上帝護佑女王！
>
> God **bless** you! 願上帝保佑你！
>
> God **help** us! 上帝幫幫我們！
>
> Heaven **help** us! 願上帝幫助我們！
>
> Heaven **forbid** that that should happen to me.
> 但願那事不要發生在我身上。
>
> **Suffice** it to say he escaped with only a caution.
> 無需多説，他避過監禁，僅受到一個警告懲罰。

The present subjunctive 現在虛擬語氣

現在虛擬語氣的形式與動詞原形相同，可用於一切人稱和數，即不存在單數第三人稱的動詞變化。

在正式英語中，虛擬語氣用在從句中表示願望、請求、建議或決心等。

> I only ask that he **cease** behaving in this extraordinary manner.
> 我只要求他停止這種怪異的行為模式。
>
> It is vital that they **be** stopped at once. 必須叫他們立刻停止。
>
> Is it really necessary that she **work** all hours of the day?
> 她有必要整天都在工作嗎？
>
> I demand that he **do** something to make up for this.
> 我要求他應當做些甚麼來補償。

用 that 連接主句和含有虛擬語氣的從句。

● 虛擬語氣的這種用法在美式英語中，比英式英語更常見。英國人通常用其他方式表達同樣信息，尤其在非正式的口語中。

> I only ask that **he should cease** behaving in this extraordinary manner.
> 我只要求他停止用這種怪異的行為方式。
> It is vital that they **are** stopped at once. 必須馬上使他們受到阻止。
> It is vital **to stop** them at once. 必須馬上阻止他們。
> Is it really necessary **for her to work** all hours of the day?
> 她有必要一整天都在工作嗎？
> I demand that **he does** something to make up for this.
> 我要求他應該做些甚麼來彌補。

The past subjunctive 過去虛擬語氣

在書面語和非常正式的口語中，過去虛擬語氣形式 **were** 代替 **was** 與第一人稱和第三人稱單數連用。

● 過去虛擬語氣的用法：

– 用在 if 或 I wish 後，表示後悔或渴望。

> If your father **were** alive he would help you.
> 假如你父親還活着，他會幫助你。
> If I **were** rich I would buy a Ferrari. 假如我有錢，我會買輛法拉利。
> I wish I **were** taller. 我希望我個子高一點。
> If only he **were** here now! 他要是現在在這裏就好了！

– 用在 as if、as though 等之後，表示懷疑或不可能。

You talk to him as if he **were** your slave!

你跟他説話的方式好像他是你的奴隸一樣！

Some people behave as though dogs **were** human.

有些人表現得好像狗就跟人類一樣。

許多人喜歡在這類句子中用一般過去式形式，這在日常英語中非常普遍。

If your father **was** alive he would help you.

假如你父親還活着，他會幫助你。

If I **was** rich I would buy a Ferrari.

假如我有錢，我會買輛法拉利。

I wish I **was** tall. 我希望我個子高一點。

If only he **was** here now!

假如他現在在這裏就好了！

You talk to him as if he **was** your slave!

你跟他説話的方式好像他是你的奴隸一樣！

Exclamations 感歎句

感歎句是表示驚訝或難過等情感的簡短話語。感歎句不一定是一個完整句子。與其説它是一個詞，倒不如説更像一種聲音，這種表達叫做感歎語 (interjection)。

Ugh! 啊！　　　　Phew! 喲！
Wow! 哇！　　　　Huh! 哼！

– 許多感歎句只包括一個詞：

Help! 救命！　　　Nonsense! 胡説！
Blast! 該死！　　　Rubbish! 廢話！

● 感歎句的形式：

– **what** ＋ 名詞短語：

What a pity! 多可惜！
What a lovely day! 多美好的一天！
What rubbish! 真是廢話！

– **how** ＋ 形容詞：

How silly! 真蠢！
How kind of him! 他真好！

感歎句也有否定疑問形式：

Isn't it a warm day! 真暖和的一天！
Aren't they kind! 他們真好！

● 感歎句的另一種形式是聽者重複說話者所說的一部分話。這種句型叫做**反語感歎句 (echo)**，主要用於聽者對所聽到的事表示難以置信或感到驚訝。

> Richard's passed the exam. – **Richard's passed**! That's brilliant!
> 理查德考試及格了。——理查德考試及格了！這太好了！
> Sally's here. – **She's here**! What a relief!
> 莎莉在這裏。——她在這裏！那就放心了！

Response 答語

答語就是對問題的回答，或是在對話中對另一方的陳述所作的回應。像感歎句一樣，答語可能是一個完整句子，也可能是一個短語或一個單詞。

> Yes. 是的。
> On Tuesday. 在星期二。
> I certainly will. 我當然會了。

脫離了上下文答語本身往往沒有意義可言。

答語可能沒有主語或主動詞，但仍然可歸類為句子。因為答語與前邊所述有關，因此根據上下文可推測其主語或主動詞。

> Are you coming to the party tonight? 你今晚要來參加派對嗎？
> — **Yes**. 是的。
> When are you going to London, then? 那你甚麼時候去倫敦？
> — **On Tuesday**. 週二。
> Will you be doing some shopping? 你要去購物嗎？
> — **I certainly will**. 我當然去。

● 答語的形式：如果動詞是一般時，可用輔助助動詞 **do** 作為答語的動詞。

> Do you like courgettes? 你喜歡小胡瓜嗎？
> Yes, I **do**. 是的，我喜歡。

– 通常用複合動詞中動詞短語的第一部分作為答語，也就是用第一個助動詞或情態動詞作為答語。

Has Tamsin called round yet? 塔姆辛來拜訪過嗎？

— Yes, she **has**. 是的，她來過。

Was Andrea crying? 安德烈婭在哭嗎？

— Yes, she **was**. 是的，她在哭。

Can we leave early? 我們能早點離開嗎？

— Yes, you **can**. 是的，你們能。

Should I be doing this differently?

我可以用別的方法做這件事嗎？

— Yes, you **should**. 是的，你可以。

有時可將情態動詞和助動詞連用作為答語。

Laurence could be running if it wasn't for his injury.

如果不是因為受傷，勞倫斯就能跑步了。

— Yes, he **could be**. 是的，他能跑步。

Sentences and clauses 句子和語句

語句 **(clause)** 是包含動詞的一組詞。語句中的動詞可以是限定的：

> **Use** this pan for the pasta. 用這個平鍋做意大利麵。
> He **missed** the turnoff. 他錯過了岔路口。

也可以是非限定的：

> **To cook** pasta, always use a large pan.
> 通常用一個大的平底鍋做意大利麵。
>
> **Dreaming** about Jenny, he missed the turnoff.
> 他正癡想着珍妮，結果錯過了岔路口。

Simple sentences 簡單句

簡單句包含一個語句，其動詞是限定的。

> Ann **went** to the bank. 安去銀行了。
> She **withdrew** £100. 她取了 100 英鎊。

並列句或複合句由兩個或多個語句構成。

Complex sentences 複合句

複合句包含一個從句**(subordinate clause)** 和一個主句**(main clause)**。

> **When he arrives, I'll phone you**.
> 他到了我就給你打電話。
> **He stayed at home because he felt ill**.
> 他留在家裏，因為他感覺不舒服。

從句一般含有主句的特殊信息，通常由**連接詞 (linking word)** 引導，如 when、if、because、that。這些連接詞叫**從屬連詞 (subordinating conjunction)**。

大多數從句可置於主句之前、之後或之中。通常情況下，如果有一個句子是主句，另一個句子則用來傳遞主句的信息，那麼就構成了包含**主句**和**從句**的複合句。

● 從句的位置取決於句子的主要信息。

> **Since you seem to have made up your mind**, I'll say no more. 既然你似乎已下了決心，那我就甚麼也不講了。
>
> I stopped seeing her **because she moved to Liverpool**.
> 我沒再見到她，因為她搬了去利物浦。

Compound sentences 並列句

並列句包含兩個**主句**，並由**並列連詞 (coordinating conjunction)**
and、but、or 等連接。每個句子傳遞的資訊同等重要，也具有同等的價值。但是，句子的排列順序對它們的意思非常重要，比如，句子的前後排列可説明動作發生時間的先後。

> He picked it up **and** ran over to her. 他撿起了它，然後向她跑去。
> He ran over to her **and** picked it up.
> 他向她跑去，然後將它撿了起來。
> I drove to Coatbridge **and** went on to Stirling.
> 我開車到科特布里奇，然後繼續向斯特靈駛去。

Compound-complex sentences 並列複合句

並列複合句包含一個以上的主句和至少一個從句。

> Angie came over **and** we decided to use my car **because** hers was playing up.
> 安吉過來了，然後我們決定開我的車，因為她的車出故障了。
>
> He ran over to Julie, **who** was sitting at the end of the bench, **and** grabbed her handbag.
> 他向坐在長凳上的朱莉跑去，一手搶去她的手提包。

Joining clauses 合併語句

Coordination 並列關係

如果將兩個同等重要的簡短語句 (short clause) 用連詞連接在一起，成為一個長句，這時這兩個語句處於並列關係。每個語句在新句子中都是主句，無主次之分。

> Ann went to the bank **and** withdrew £100.
> 安去銀行提取了 100 英鎊。

> Sally goes to work **but** Ann doesn't have a job.
> 莎莉去工作，但安沒有工作。

> Ann (**either**) stays at home **or** visits her family.
> 安要麼留在家裏，要麼就去探望她的家人。

連接語句的連詞叫做**並列連詞 (coordinating conjunction)**，如 and、but、(either) or、neither、nor、or yet 等。並列連詞置於一個語句的開頭。

如果兩個語句的主語相同，則在第二個動詞前不用重複主語。

> She came over **and** ~~she~~ gave me a hug. 她走過來擁抱了我一下。

● 連詞 **and** 的用法：

– 連接兩個不存在對比或沒有選擇關係的語句。

– 連接兩個以上的語句時，前面的語句之間用逗號連接，最後的兩個語句之間用 **and** 連接。

> Ann got into the car, drove to the bank, withdrew £100,**and** went shopping.
> 安上了車，開到銀行，提取了 100 英鎊，然後去買東西。

● 連詞 **but** 用來連接表示對比 (contrast) 意義的語句。

> She wanted to buy a new dress **but** she couldn't find one she liked.
> 她想買件新裙子，但她沒找到她喜歡的。

● 連詞 **yet** 主要用於書面語，可連接含有驚訝語氣和表示對比意義的語句。

> He's a quietly spoken man, **yet** he still manages to command attention. 他說話輕聲細語，但仍然設法引起大家的注意。
>
> She was suffering from a knee injury **yet** she still won the match. 她膝頭受了傷，但仍然贏了那場比賽。

● 連詞 and、but、or、neither、nor 也可用來連接兩個同一類型的短語。

> This book is useful for **planning and carrying out** research. 這本書對計劃和做研究都很有用。
>
> **The former President and his wife** were there. 前任總統和他夫人在那裏。

上述連詞還可連接兩個同一類型的詞。

> I use this chair when I am **reading and working**. 我讀書和工作都用這張椅子。
>
> Do you undertake **detailed or intricate** work? 你擔任精密的或複雜的工作嗎？
>
> **Jack and Jill** fell down the hill. 傑克和吉爾摔下了山坡。
>
> This is a **complicated but intriguing** film. 這是一部複雜但有趣的電影。

and 和 but 尤其用來連接處於表語位置的成對形容詞。

● 在兩個語句之間進行肯定的選擇時，用 either...or 連接。

> **Either** you come to my place **or** I'll meet you at work. Which do you prefer? 要麼你來我這裏，要麼我在公司見你。你較喜歡哪個？

如果兩個被連接語句的主語相同，則在第二個語句前省略主語。這通常適用於有助動詞的句子。

> Martin said he would **either** meet them for lunch **or** take them to tea. 馬丁說他要麼與他們一起吃午飯，要麼就請他們去喝下午茶。

在上述的用法中，**either** 可置於：

– 第一個語句的主語之前。

– 主動詞之前，助動詞之後。

用 **either...or** 連接兩個以上的語句時，須重複 **or**。

> Colin said he would (**either**) meet them for lunch, (**or**)take them to tea, **or** have them over for a coffee.
> 科林説他要麼與他們一起吃午飯，要麼請他們去喝下午茶，要麼請他們過來喝咖啡。

> Ian can (**either**) come with us **or** take a taxi later.
> 伊恩要麼和我們一起前往，要麼過一會乘的士前往。

either...or 強調在兩者之間只能選擇其一，不能兩者都選。比較下例中的 **and /or**。

> Colin said he would meet them for lunch, **and/or** have them over for a coffee.
> 科林説他會與他們一起吃午飯，並且（或者）請他們過來喝咖啡。

如果句子意思清楚，可省略 **either**。多次用到 **or** 時，除了最後一個 **or**，前幾個也可以省略。可單獨用 **or** 連接兩個或多個語句，但 **either** 不能單獨使用。

● 在兩個語句之間進行否定的選擇時，用 **neither...nor** 連接。

> It is **neither** possible **nor** desirable that they should be invited.
> 既不可能也不情願邀請他們。

> Jane was **not** a fool; **neither/nor was she** prepared to be blamed for the error.
> 珍不是白癡，她也不打算為那個錯誤受到譴責。

如果第一個語句包含廣義否定詞 (broad negative)，如 not、barely、scarcely，可單獨用 **neither** 連接兩個語句。如果第二個句子有主語，則須用疑問句的詞序。

There was **barely** enough meat for the children; **neither did they** have any bread.
既沒有足夠的肉給孩子們，也沒有麵包給孩子們。

Eric **hardly** saw the fight; **nor did he** remember much about the incident later.
埃里克幾乎沒看到打架，他後來也不記得發生過的事。

● **either** 和 **neither** 可用作代詞或限定詞，亦可單獨使用；但在單獨使用情況下，則沒有連詞作用。

Either book will do. It doesn't matter.
兩本書任選其一，沒關係的。
Neither book is at all suitable, I'm sorry.
兩本書都不適合，很抱歉。
You can have **either**.
你可以拿任何一本。

● **either**、**or**、**neither**、**nor** 可在名詞短語或動詞短語內用作連詞。

You can choose to study **either** *Shakespeare* **or** *Keats*.
你可以選擇研究莎士比亞或研究濟慈。
Neither *Vimala* **nor** *Katie* knew the answer.
維瑪拉和凱蒂都不知道答案。
She is **either** *desperate* **or** *just silly*.
她要不是絕望，就是太愚蠢。
He didn't know whether **to** *stay* **or** *go*.
他不知道是留還是走。

Subordination 從屬關係

如果兩個或多個語句由連詞（除了 and、but、or、yet 等並列連詞之外）連接，那麼其中一個語句是主句 (main clause)，其他語句是從句 (subordinate clause)。主句和從句之間處於從屬關係 (subordination)。從句包括名詞性從句：

> What matters most is **that you treat everyone fairly**.
> 最重要的是你公平地對待每個人。

● 除了名詞性從句，從句還有以下幾類：狀語從句 (adverbial clause)

> They went outside **as soon as the rain stopped**.
> 雨一停下來，他們就出去了。

關係從句 (relative clause)

> This is the problem **that we're facing** at the moment.
> 這就是我們目前正面對的問題。
> We stayed in Inverness, **which is in the Scottish Highlands**.
> 我們留在置於蘇格蘭高地的因弗內斯。

條件從句 (conditional clause)

> Maureen plans to live in Australia **if she can get a job there**.
> 如果莫琳能在澳大利亞找到工作，她就打算在那裏生活。

轉述句 (reported clause)

> She told me **that Philip was in France**.
> 她告訴我菲利普在法國。

● 每個從句都有一個引導詞，可用來判斷其後的從句屬於哪一類：

After she had read the diary, she returned it to the drawer.

她看完日記後，將它放回抽屜裏。

As they were going downstairs, the phone rang.

他們正要下樓時，電話響了。

They aren't coming **because** they've had an argument.

他們不來了，因為他們吵了架。

引導從句的這些詞叫**從屬連詞 (subordinating conjunction)**，包括：

– **WH-** 詞

– since、if、when、because 等

– that (可單獨使用或與另一詞連用)，如 so that、supposing that

– 以 as 結尾的短語，如 as soon as、as long as

● 每個從句在句中都有首選位置。例如，大多數狀語從句通常跟在主句之後，雖然也可置於主句之前。

Shall I do the shopping **when I finish work**?

我完成工作後可以去購物嗎？

When I finish work, I could do the shopping for you.

我完成工作後可以替你去購物。

轉述句一般直接跟在主句後面，見第 282 頁。

Noun clauses 名詞性從句

名詞性從句可用作主語、賓語或可替代句中名詞短語的作用。名詞性從句可由 **that** 引導。

> What I like about him is **that he always tries his best**.
> 我之所以喜歡他是因為他總會盡力。

或由 **WH-** 詞引導,如 who、when、where。

> I don't know **where you live**. 我不知道你住哪裏。
> **How the thief got in** is a mystery. 小偷怎樣進來是個謎。
> **Why she acts like this** is beyond me.
> 我不能理解她為何這樣做。

WH- 詞後的詞序與陳述句相同。

● 引導賓語從句的從屬連詞 **that** 可以省略。

> I think **that he'll succeed**. 我認為他會成功。
> I think **he'll succeed**. 我認為他會成功。

Adverbial clauses 狀語從句

狀語從句在句中做狀語，一般置於主句之後。包括以下幾類：

● **時間狀語從句**：表示主句動作發生的時間 (time)。

> We should go **as soon as you are ready**.
> 你一準備好我們就該走了。
> I'll call for you **whenever you like**.
> 你喜歡甚麼時候我就甚麼時候去接你。
> **Since she went away**, I haven't been able to sleep.
> 自從她走了，我就失眠。
> **The moment he said it**, I started to feel better.
> 他這話一出口，我感覺開始好多了。

－ 時間狀語從句可置於主句之前或之後。

－ 時間狀語從句由 after、as、as soon as、before、once、since、till、the moment (that)、until、whenever、when、while 引導。

● **地點狀語從句**：表示主句動作發生的地點 (place)。

> I put it **where nobody would find it**.
> 我將它放在沒人能找到的地方。
> He made an impact **everywhere that he went**.
> 他對去過的每個地方都產生了一定影響。
> **Wherever you looked**, he was to be found.
> 無論你往哪裏看，都會看到他。

－ 地點狀語從句由 where、wherever、everywhere 引導。

● **方式狀語從句**：表示主句動作進行的方式 (manner)。

- 方式狀語從句由 as、as if、as though、how、just as、the way that 引導。

> Mandy looked **as if she had seen a ghost**.
> 曼迪看上去就好像見了鬼一樣。
> Cameron wandered in, **the way that he does**.
> 卡梅倫像往常一樣悠閒地走進來。
> You have to fasten it **as though it was a shoelace**.
> 你必須綁緊它，就像綁鞋帶一樣。
> The room was decorated **just as he had imagined**.
> 房間裝修得跟他想像的一樣。

● **原因狀語從句**：表示主句動作發生的原因 (reason)。

> I don't want to go **because I'm not keen on old movies**.
>
> 我不想去，因為我對老電影不感興趣。
> **Since no one was ready**, I sat down and turned on the TV.
> 既然誰也沒有準備好，我便坐下來並打開電視機。

- 原因狀語從句可置於主句之前或之後。

- 原因狀語從句由 as、because、since 引導。

● **目的狀語從句**：表示主句動作發生的目的 (purpose)。

> Put it just there **so that it holds the door open**.
> 放它在那裏，撐開着門。
> Leave a bit for Becky **in case she's hungry when she gets in**.
> 留一點給貝姬，以防她回來時肚子餓。

- 目的狀語從句由 so that、in order that、in case、lest 引導。

▶ 目的狀語從句也可由 so as to、in order to 引導，後接動詞原形。

I'm living with my mum and dad **so as to save money**.
為了省錢，我和我爸媽住在一起。

He put the chair against the door **in order to hold it open**.
他用椅子將門撐開。

● 結果狀語從句：表示主句動作發生後的結果 (result)。

Ben was **so** angry **that he kicked the wall hard**.
本氣得用力踢牆。

Nina is **such a** generous person **that she's often short of money**. 尼娜慷慨得經常缺錢。

— 由 so ＋ 形容詞/副詞 ＋ that 或 such a ＋ 名詞短語 ＋ that 引導。

● 對比狀語從句（也稱讓步狀語從句）：表示可能與主句相關的其他情況 (contrast)。

However much you may want to spend your money, try to save a little each month.
無論你想花多少錢，最好試着每月儲存一點。

Although it had rained, the ground was still very dry.
雖然剛下過雨，地面仍然很乾。

We must try to do something for the environment, **even if we can't solve all the world's problems**. 即使我們不能解決世上所有問題，也必須盡力做點甚麼來保護環境。

— 對比狀語從句可置於主句之前或之後。

— 對比狀語從句由 although、even though、even if、however、much as、while 引導。

Relative clauses　關係從句

關係從句用來修飾名詞，作用類似於形容詞，是名詞短語的**後置修飾語**。被關係從句修飾的名詞叫做**先行詞 (antecedent)**。

● 關係從句常由 **who**、**whom**、**whose**、**that** 引導，

這些詞叫做**關係代詞 (relative pronoun)**。有些關係代詞還可用作疑問代詞（見第 213 頁）。

關係代詞可做主語：

> The people **who live upstairs** are having a party.
> 住在樓上的人正在開派對。
> The dog **that bit me** had to be put down.
> 咬我的那隻狗不得不被殺掉。

也可做賓語：

> I don't like the music that **they are playing**.
> 我不喜歡他們演奏的音樂。
> A man **whom I met on holiday** phoned last night.
> 我在假期遇見的那個男人昨晚打了電話給我。

在口語和非正式文體中，關係從句裏做賓語的關係代詞可以省略。

> I don't like the music **they are playing**. 我不喜歡他們演奏的音樂。
> A man **I met on holiday** phoned last night.
> 我在假期遇見的那個男人昨晚打了電話給我。

用作主語和賓語的關係代詞置於關係從句的句首。

● 關係代詞可用作介詞的賓語。

It was definitely Diana **to whom she was referring**.

她指的肯定是戴安娜。

It's a great game **at which anyone can excel**.

這個遊戲很巧妙,任何人都能玩得很好。

在非正式英語中,關係從句可以用介詞結尾,尤其是在關係代詞被省略的情況下。

It was definitely Diana **that she was referring to**.

她指的肯定是戴安娜。

It's a great game **which anyone can excel at**.

這個遊戲很巧妙,任何人都能玩得很好。

Defining and non-defining relative clauses 限定性關係從句和非限定性關係從句

關係從句有兩種:限定性和非限定性關係從句。

有些關係從句像形容詞一樣為某個名詞提供更多的資料。

The people **who live upstairs** are having a party.

住在樓上的人正在開派對。

I don't like the music **that they're playing**.

我不喜歡他們演奏的音樂。

The girl **who was on the bus with us** is called Sonia.

和我們一起坐巴士的那個女孩叫索尼婭。

這些句子叫做**限定性關係從句 (defining relative clause)** 或**限制性關係從句 (restrictive relative clause)**。限定性關係從句和該名詞關係十分密切,不可用逗號把兩者分開。

另一種關係從句是對主句的附加說明，叫做**非限定性關係從句 (non-defining relative clause)** 或**非限制性關係從句 (non-restrictive relative clause)**。它和主句之間往往用逗號分開。

The man next door, **who works from home**, kept an eye on the house for us. 隔壁那個人在家工作，他幫我們照顧房子。

Thomas went home early, **which was a relief to us all**.
托馬斯早了回家，這使我們都放心。

We stopped in Dryburgh, **which is a good place for a picnic**.
我們在柴伯爾停了下來，那裏是野餐的好地方。

比較一下：

限定性關係從句：

My brother who lives in Canada is a lawyer.
我住在加拿大的哥哥是一名律師。
（我有幾個哥哥，住在加拿大的那個哥哥是律師。）

非限定性關係從句：

My brother, who lives in Canada, is a lawyer.
我哥哥住在加拿大，是一名律師。
（我只有一個哥哥，他是律師，他碰巧住在加拿大。）

Conditional clauses 條件從句

條件句包含一個主句和一個**條件從句**（有時叫做 **if** 從句）。條件從句通常以 **if** 或 **unless** 開頭，可置於主句之前或之後。

> We'll be late **if we don't leave now**.
> 如果我們現在還不走，就會遲到。
> We'll be late **unless we leave now**.
> 除非我們現在就走，不然就會遲到。
> **If we don't leave now**, we'll be late.
> 如果我們現在還不走，就會遲到。
> **Unless we leave now**, we'll be late.
> 除非我們現在就走，不然就會遲到。

● 條件句主要有三種類型：

Type 1   第一類

主句用 **will, can, may, might** ＋ 動詞原形，if 從句用一般現在時。

> **If you take the first bus**, you'll get there on time.
> 如果你坐上第一班巴士，你就會準時到那裏。
> She'll be cold **if she doesn't wear a coat**.
> 她如果不穿外套，就會覺得冷。
> **If you need more helpers**, I can try and get some time off work.
> 如果你需要更多的幫手，我盡可能下班抽時間來幫忙。

第一類句子指將來的情況，暗示主句中的動作很可能會發生。

> They **will** not finish their homework unless they start now.
> 除非他們現在開始，否則將完不成功課。

If you book early, you **will** get a seat.

你如果早點預訂，就會有座位。

在主句中用情態動詞 may 或 might，表示懷疑主動詞的動作是否會完成。

If you book early, you **may** get a seat.

你如果早點預訂，可能就會有座位。

Mary **might** deliver your parcel, if you ask her.

如果你請求瑪麗的話，她也許會派送你的包裹。

Type 2　　第二類

主句用 **would**、**could**、**might** ＋ 動詞原形，if 從句用一般過去時。

If Jim **lent** us his car, we could go to the party.

如果占把他的車借給我們的話，我們就能去參加派對。

We would save £3.50 a day if we **didn't eat** any lunch.

如果我們不吃午飯，就能每天節省 3.5 英鎊。

If burglars **broke** into my house, they wouldn't find any money.

假如竊賊闖入我的房子，他們將一點錢也找不到。

Would you be very angry if I **failed** my exam?

如果我考試不及格，你會很生氣嗎？

或 if 從句用虛擬語氣過去時。

If I were you, I'd phone her straight away.

假如我是你，我會馬上給她打電話。

第二類句子指的是想像的情況，暗示 **if 從句**中的動作很可能不會發生。

If I won the lottery, I would buy a house in France. 假如我中了彩票，我就會在法國買套房子。(……但我認為我不會中彩票)

If you didn't spend all your money on lottery tickets, you could afford a holiday. 假如你不將所有錢花在買彩票上，你就有錢去度假了。(……但你的確將所有錢都花在買彩票上了。)

條件句中的虛擬語氣過去時通常用於給某人提出建議，尤指告訴他人應該做甚麼。

If I were you, I'd tell them the truth.
如果我是你，我會告訴他們真相。

Type 3　第三類

主句用 **would**、**could**、**might** ＋ **have** ＋ 主動詞的**過去分詞**，**if** 從句用過去完成時。

We could have had a longer holiday, if we **hadn't spent** so much money on the house.
假如我們沒花那麼多錢買房子，我們度假的日子就可以更長。

If I **had known** about the exam, I would have paid more attention in class.
如果我早知道有考試，上課就會更專心。

第三類句子中，説話者是在回顧剛過去這段時間裏的事件。該事件本來可以發生，但實際上沒有發生，這或許是因為出了差錯或許因為該做的沒做。這類句子通常用於找藉口、表示遺憾、進行譴責或提出解釋等情況。

● 條件句也可用於表示結果，或用下列這些方式對某一情況發表意見。

－ **if** 從句用一般現在時，主句也用一般現在時，表示普遍真理。

> If you **heat** water to 100°C, it **boils**.
> 如果水加熱到 100 度，就會沸騰。
> Plants **die** if they **don't get** enough water.
> 如果植物沒有充足的水分，就會枯死。

－ **if** 從句用一般現在時，主句用祈使句。表示對特殊情況或一些狀況提出建議或命令。例如：

> If the alarm **goes off**, **make** your way outside to the car park.
> 如果警報器響了，就去外面的停車場。
> If a red light **shows** here, **switch off** the machine.
> 如果這裏的紅燈亮了，就關掉機器。

－ **if** 從句用現在進行時或一般現在時，主句用情態動詞，表示提出建議或勸告。

> If you'**re thinking of** buying a lawnmower, you could try mine first.
> 如果你在考慮買割草機，你可先試試我的。
> You **should** turn down his radio if you **don't want** the neighbours to complain.
> 如果你不想讓鄰居抱怨，你應該將收音機的音量調低一點。

－ **if** 從句用 **will/would**，主句用情態動詞，表示提出請求或禮貌地發出命令。

> If **you'll** wait a minute, the doctor **can** see you.
> 如果你等一會的話，醫生就能給你看病了。
> If you **would** sign here, please, **I'll** be able to send you the books.
> 如果你在這裏簽名，我就能寄送這些書給你。

注意：主句中的 **'d** 是 **would** 的縮略式，但在 if 從句中，**'d** 是 **had** 的縮略式。

I'd have gone if **he'd** invited me.
如果他邀請我的話，我就去了。（主句中的 'd 是 would 的縮略式，if 從句中的 'd 是 had 的縮略式）

I **would** have gone **if he had invited me**.
如果他邀請我的話，我就去了。

I **would've** gone if **he'd** invited me.
如果他邀請我的話，我就去了。（would've = would have, he'd = he had）

在口語和非正式文體中，主句中情態動詞的縮略式為：

I'd have	或	**I would've**
I could've	或	**I might've**

Reporting speech 直接引語

引用或轉述別人說的話時，可採用兩種方式：一是如實地重複別人所說的話，叫做**直接引語 (direct speech)**：

> Monica said,'**There's nothing we can do about it.**'
> 莫妮卡說："對此我們無能為力。"

二是用自己的話轉述別人的話，這叫做**間接引語 (reported speech 或 indirect speech)**。

> Monica said that there was nothing we could do about it.
> 莫妮卡說對此我們無能為力。

被轉述的話常由**引述動詞 (reporting verb)** 引出。

> Monica **said/declared** that there was nothing we could do about it. 莫妮卡說 / 聲稱對此我們無能為力。
> 'There is nothing we can do about it,' Monica **replied**.
> "對此我們無能為力。" 莫妮卡回答說。

Direct speech 直接引語

直接引語是將別人的話如實地複述出來。這類句子常見於小說和其他書面語中。

> Monica said, '**There's nothing we can do about it**.'
> 莫妮卡說："對此我們無能為力。"

引述動詞可以置於直接引語之前、之後或之中。引述動詞置於直接引語中間表示停頓。

> **Monica said,** 'There is nothing we can do about it.'
> 莫妮卡說："對此我們無能為力。"

'There is nothing we can do about it,' **Monica said**.
"對此我們無能為力。" 莫妮卡說。

'It's no good,' **Monica said**, 'we'll just have to ask for help.'
"這樣做沒有用，" 莫妮卡說，"我們將不得不請求幫助。"

● 逗號須放在引號內，除非引述動詞被插入直接引語的句子中間，而且直接引語本身不需要逗號。

'There is', Monica said, 'nothing we can do about it.'
"對此，" 莫妮卡說，"我們無能為力。"

● 典型的引述動詞包括：agree、answer、ask、inquire、explain、say、tell、wonder。

主語和引述動詞的位置有時可以互換。

'There is nothing we can do about it,' **said Monica**.
"對此我們無能為力。" 莫妮卡說。

置於句首的直接引語應以大寫字母開頭，並用逗號將直接引語與引述動詞分開，除非直接引語的後面是問號或歎號。

'Why did you do it?' she asked. "你為甚麼做這事？" 她問。
'Oh, mind your own business!' he snapped.
"哦，別多管閒事！" 他厲聲說。

● 直接引語須放在引號內（單引號或雙引號）。

'**Have you been to the new shopping mall yet?**' enquired Shona. "你去過新開的購物中心嗎？" 肖納問道。
'**I've already seen it,**' John replied.
"我已經看過了。" 約翰回答。

● 單引號用來強調句中特別提到的某個詞。（見第 302 頁）

There is no such word as 'fubber'. 沒有 "fubber" 這個詞。
He called me a 'stubborn old goat'. 他叫我 "固執的老山羊"。

Reported speech 間接引語

間接引語 (**reported speech** 或 **indirect speech**) 是指用自己的話轉述別人的話。

> **Lynn asked** whether Pippa had been to the new shopping mall.
> 琳恩問皮帕是否去過新開的購物中心。
>
> **Pippa replied** that she hadn't, but **she had heard** that there were some really cool shops there.
> 皮帕回答說她還沒去過,但她聽說那裏有一些非常酷的商店。

間接引語通常有兩個句子。被轉述的內容構成**轉述从句 (reported clause)**,包含引述動詞 (**reporting verb**) 的句子構成主句 (**main clause**),主句通常置於**轉述句**之前。

> **Katie told me** that Alison is going to resign.
> 凱蒂告訴我艾莉森要辭職。
>
> **Peter asked** whether Mandy was feeling better.
> 彼得問曼迪是否感覺好了些。

主句中的引述動詞説明句子是如何表達的,如 comment、remark、say、tell 等。如果轉述句是**陳述句**,則由 **that** 連接主句和轉述句。

> Mary said **that** her favourite actor was Ben Whishaw.
> 瑪麗説她最喜歡的演員是本・惠蕭。
>
> John replied **that** he preferred Scarlett Johansson.
> 約翰回答説他更喜歡施嘉莉・祖安遜。

如果轉述句表示疑問,則用表示疑問的主動詞如 ask、inquire、wonder、query 作為引述動詞,用 **if** 或 **whether** 連接主句和轉述句。

Miriam asked **if** she could borrow Leonie's mp3 player.

米麗暗問她是否可借用利奧妮的 mp3 播放器。

Evelyn wondered **whether** the concert would be sold out.

伊夫蓮想知道音樂會的門票是否會賣完。

● 置於引述動詞後的連接詞 **that** 可被省略。

Jamie told Dad (**that**) he had passed his driving test.

傑米告訴爸爸他駕駛考試及格。

Lucy said Alan had been accepted at drama school.

露茜説阿倫已經被戲劇學校錄取了。

但是，置於引述動詞後的連接詞 **if** 和 **whether** 不能省略。

Miriam asked **if** she could borrow Leonie's mp3 player.

米麗暗問她是否可借用利奧妮的 mp3 播放器。

Evelyn wondered **whether** the concert would be sold out.

伊夫蓮想知道音樂會的門票是否會賣完。

被轉述的句子和引述動詞不能用逗號分開，不能用引號括起來，也不能以大寫字母開頭，除非被轉述的是專有名詞。被轉述的疑問句句末不能用問號。

● 如果主句置於轉述句之後，可以省略連接詞 **that**。

Harry Potter was on that night, **Mary said.**

瑪麗説，《哈里・波特》是在那天晚上上映的。

● 間接引語不僅可以轉述別人所說的話，而且還可表達他人的內心想法。

> Evelyn **wondered** whether **the concert would be sold out**.
> 伊夫蓮想知道音樂會的門票是否會賣完。
>
> Charlotte **thought** that **she had better go and see her family**.
> 夏洛特想她最好去看看她的家人。

Changes in the reported words 間接引語中詞的變化

當直接引語變為間接引語時，間接引語與直接引語的用詞有所不同。

> 'I'll leave here at 8.30 on Friday.'
> "我將在週五上午 8:30 離開。"
> She says **that she will leave home at 8.30 on Friday**.
> 她說她將在週五上午 8:30 離開。
> 'I'm looking forward to seeing you.'
> "我盼望見到你們。"
> She says **she's looking forward to seeing us**.
> 她說她盼望見到我們。

由於說話者變了，在間接引語中**代詞**和**物主限定詞**也相應地變化，如 I 可能會變為 she，you 也許會變為 **us** 或 **him**。

> 'I believe you.' "我相信你們。"
> She said that **she** believed **us**. 她說她相信我們。

> 'I'm leaving you.' "我要離開你。"
> She said that **she** was leaving **him**. 她說她要離開他。

> 'I've finished.' "我做完了。"
> She said that **she had finished**. 她說她做完了。

地點、時間的表達也會發生變化，如 here 會變為 there 或 home，
Friday 會變為 in three days' time。

> 'I've been here before.' "我以前到過這裏。"
> She said that she **had been there before**.
> 她說她以前到過那裏。

> 'I'll see you on Monday.' "我將週一見你。"
> She said that she would see him **in three days' time**.
> 她說她三天後見他。

The tense in reported clauses 間接引語的時態變化

當直接引語變為間接引語時，動詞可能也要發生變化，如 **must** 在
間接引語裏變為 **had to**。最常見的變化是時態變化。

> 'Hello Jake? It's me, Penny. I've arrived here on time, and I'm
> going to take a bus to your place. There's one coming now, so I'd
> better run.' "你好，傑克？是我，彭妮。我準時到了這裏，現在
> 我要坐巴士去你那裏。有一輛車過來了，所以我要趕快跑過去。"

> She rang to say that **she'd** arrived **there** on time and **was
> going to** take a bus to **our** place. Then she said that one **was**
> coming **at that very moment**, so **she had to** run. 她打電話說
> 她已經準時到那裏了，正打算坐巴士來我們這裏。她說那時正
> 好有輛車過來了，所以她要跑過去。

轉述信中的內容或近期的對話時，如電話中的對話，主句中的引述
動詞可用現在時。

> 'Hello, Jake? I've arrived here on time, and I'm going to take a
> bus to your place.'
> "你好，傑克？我準時到這裏了，現在我要坐巴士去你那裏。"

Penny has just phoned. She **says** that she has arrived on time and that **she's coming** here by bus. 彭妮剛打過電話。她説她已經準時到達並且要坐巴士過來。

但是在間接轉述話語時，引述動詞常用過去時。

動詞的時態變化：

直接引語	間接引語
一般現在時	一般過去時
現在進行時	過去進行時
現在完成時	過去完成時
現在完成進行時	過去完成進行時
一般過去時	過去完成時或一般過去時
一般將來時	條件式，即過去將來時

Questions 轉述疑問句

被轉述的疑問句 (reported questions) 中，動詞時態的變化與被轉述的陳述句中的時態變化相同（見第 284 頁）。

'Are you ready?' "你們準備好了嗎？"
He asked (us) if / whether we **were** ready.
他問（我們）是否準備好了。

'What time is it?' "幾點了？"
He asked what time it **was**. 他問幾點了。
'Where has Jim gone?' "占去了哪裏？"
He wanted to know where Jim **had gone**. 他想知道占去了哪裏。

被轉述疑問句的引述動詞包括：ask、inquire、want to know、wonder。

直接引語如果是一般疑問句，變為間接引語時，須由從屬連詞 **if** 或 **whether** 引導。直接引語如果是特殊疑問句，變為間接引語時，須由 who、when、where 等疑問詞引導。

'Are you ready?' "你們準備好了嗎？"
He asked (us) if/whether we **were** ready.
他問（我們）是否準備好了。

'What time is it?' "幾點了？"
He asked what time it **was**. 他問幾點了。
'Where has Jim gone?' "占去了哪裏？"
He wanted to know where Jim **had gone**. 他想知道占去了哪裏。

不論是一般疑問句還是特殊疑問句，變為間接引語後，詞序均和陳述句的詞序相同，也就是説，任何動詞都不能置於主語之前。

Orders and requests 轉述命令和要求

轉述命令：**tell** ＋ 賓語 ＋ 帶 **to** 的動詞不定式。

'Stop calling me names!' "不許辱罵我！"
She **told him to stop** calling her names. 她告訴他不許辱罵她。

轉述要求做某事：**ask** ＋ 賓語 ＋ 帶 **to** 的動詞不定式。

'Please don't leave your things on the floor.'
"請不要把你們的東西放在地板上。"
She asked us **not to leave** our things on the floor.
她要求我們不要把自己的東西放在地板上。

轉述要求得到某物：**ask for** ＋ 賓語。

'Can I have the salt, please?' "請拿點鹽給我，好嗎？"
He **asked for the salt**. 他要求拿點鹽。

● 引述動詞可用於被動語態。

'Don't park here, please; it's reserved for the doctors.'
"請別把車停在這裏,這地方是預留給醫生的。"
I was **told not to park** there. 我被告知不能將車停在那裏。

Suggestions, advice, promises, etc 轉述建議、勸告、承諾等

下面這幾類動詞可用來轉述建議以及類似的話語:

- suggest/insist on　　　　+ 現在分詞。

'Let's go to the zoo.' "讓我們去動物園吧。"
He suggested going to the zoo. 他建議去動物園。

- advise/ invite/warn　　　+ 直接賓語 + **not** + 帶 **to** 的動詞不定式。

'I wouldn't buy that one, if I were you.'
"假如我是你,我就不會買那件東西。"
She advised me **not to buy** that one. 她建議我不要買那件東西。

- refuse/threaten　　　　+ 帶 **to** 的動詞不定式。

'I'm not telling you!' "我不告訴你!"
She **refused to tell** me. 她拒絕告訴我。

- offer/ promise　　　　+ 帶 **to** 的動詞不定式。

'Don't worry; I'll help you.' "別擔心,我會幫你的。"
He **promised to help** me. 他答應幫助我。

Punctuation

標點符號

The apostrophe (') 撇號

寫在詞上方的符號（所有格符號或字母省略號）叫撇號。誤用或錯誤省略撇號是最常見的標點符號錯誤之一。撇號可以表示所有。

showing possession 表示從屬

● 撇號 (') 用來表示某物屬於某人，通常用在詞的末尾，後跟 -s。

– -'s 加在單數名詞的末尾。

> a baby's pushchair 一輛折疊式幼兒車
> Hannah's book 漢娜的書
> a child's cry 小孩的哭聲

– -'s 加在不以 -s 結尾的複數名詞末尾。

> children's games 孩子們的遊戲
> women's clothes 女性服裝
> people's lives 人們的生活

– 撇號 (') 單獨加在以 -s 結尾的複數名詞之後。

> Your grandparents are your parents' parents.
> 你的祖父母是你父母的父母。
> We're campaigning for workers' rights.
> 我們正在開展為工人爭取權利的運動。
> They've hired a new ladies' fashion guru.
> 他們僱用了一名新的女時裝設計師。

– -'s 加在名字和以 -s 結尾的單數名詞的末尾。
> James's car 詹士的汽車
> the octopus's tentacles 章魚的觸鬚

– **-'s** 加在某些表示職業的詞的末尾，表示工作地點。

She's on her way to the doctor**'s**. 她在去醫生辦公室的路上。
James is at the hairdresser**'s**. 詹士在理髮店。

– **-'s** 加在人稱或人名的末尾，表示某人的家。

I'm going over to Harry**'s** for tea tonight. 我今晚去哈里家喝茶。
I popped round to Mum**'s** this afternoon, but she wasn't in.
今天下午我順便去媽媽家，但她不在。

– 注意：在古希臘名字或歷史建築名稱後只用撇號。

Dickens**'** novels 狄更斯的小説
St Giles**'** Cathedral 聖吉爾斯大教堂

● **-'s** 也可加在：

– 整個短語之後。

My next-door neighbour**'s** dog was barking away like mad.
我隔壁鄰居家的狗像瘋了一樣狂吠。
John and Cath**'s** house was on TV last night.
約翰和卡思的房子昨晚在電視上出現。

– 加在不定代詞之後，如 somebody、anywhere 等。

Is this anybody**'s** pencil case? 這是誰的鉛筆盒？
It's nobody**'s** fault but mine. 誰的錯也不是，是我的錯。

– 加在 each other 之後。

We're getting used to each other**'s** habits.
我們正在適應彼此的習慣。
We kept forgetting each other**'s** names. 我們總是忘了彼此的姓名。

如果所有者是無生命的東西（而非有生命的東西），則不用撇號。

可以説 the middle of the street（街道的中央）
但不能説 the street's middle
可以説 the front of the house（房屋的前面）
但不能説 the house's front

判斷撇號是否處於正確位置，要看所有者是誰。

the boy's books [= the books belonging to the boy]
男孩的書
the boys' books [= the books belonging to the boys]
男孩們的書

注意

- 撇號不用於構成物主代詞，如：its、yours、theirs 等。

- 撇號不用於構成複數形式，如 potatoes、tomatoes 等。

With letters and numbers 撇號可與字母和數位連用

撇號用在兩位數的年或年代之前。

French students rioted in '68 [short for '1968'].
法國學生在 1968 年暴動過。

He worked as a schoolteacher during the '60s and early '90s.
他在 60 年代和 90 年代初期做過教師。

撇號可用作字母和數位的複數形式，使它們容易辨識。

Mind your p's and q's. 注意你的言行。
His 2's look a bit like 7's. 他寫的 2 有點像 7。
She got straight A's in her exams.
她所有考試都得了 "A"（全優）。

記住：

it's = it is 例如：It's a holiday today.（今天是假日。）

its = belonging to it（屬於）例如：The dog was scratching its ear.（狗正在抓牠的耳朵。）

Contracted forms 撇號可用於縮略式

撇號用在詞的縮寫中，表示一個或多個字母被省略。通常用於助動詞的縮寫中。

be

I'm

We/you/they**'re** (are)

He/she/it/one**'s** (is)

have

I/we/they**'ve** (have)

He/she/it/one**'s** (has)

I/we/you/he/she/it/one/they**'d** (had)

would

I/we/you/he/she/it/one/they**'d** (would)

或否定詞 not 的縮寫：

not

We/you/they are**n't**

He/she/it/one is**n't**

I/we/they have**n't**

He/she/it/one has**n't**

● 判斷縮略式 **'s** 和 **'d** 代表甚麼，需要看其後所跟的動詞。

– 如果 **'s** 後跟 -ing 形式，表示助動詞是 is。

She**'s reading** a book about the ancient Egyptians.
她正在讀一本關於古埃及人的書。

He**'s going** to Ibiza for his holidays. 他要去伊維薩島度假。

– 如果 **'s** 後接形容詞或名詞短語，表示主動詞是 is。

She**'s nervous** about meeting my parents.
她對見我的父母感到很緊張。

He**'s brilliant** at maths. 他是數學天才。

- 如果 **'s** 後接過去分詞，表示 is 用於被動語態。

He**'s portrayed** by the media as a kindly old grandfather.
他被媒體描繪為一個和藹的老爺爺。

It**'s** often **said** that rock stars are frustrated actors.
人們常說搖滾明星是不得志的演員。

還有一種情況，**'s** 後接過去分詞，可表示現在完成時中的 has。

She**'s broken** her wrist. 她的手腕摔斷了。
It**'s been** ages since we last saw you.
上次見過你到現在，已經過了很久。

- 如果 **'s** 後跟 got，表示助動詞是 has。

She**'s got** two brothers and one sister. 她有兩個哥哥和一個妹妹。
It**'s got** everything you could want. 那裏有你想要的一切。

- 如果 **'d** 後跟過去分詞，表示助動詞是 had。

I**'d raced** against him before, but never in a marathon.
我以前和他比試過賽跑，但從未比過馬拉松。

She couldn't believe what she**'d done**. 她不能相信她所做的事。

- 如果 **'d** 後跟動詞原形，表示情態動詞 would。

I**'d give up** now, if I were you. 假如我是你，我現在就會放棄。
When we were kids we**'d spend** hours out on our bikes.
當我們還是孩子時，我們常騎着自行車在外面玩幾小時。

- 如果 **'d** 後跟 rather 或 better，表示情態動詞 would。

We**'d better** go home soon. 我們最好盡快回家。
I**'d rather** not talk about that. 我寧願不談那件事。

The comma (,) 逗號

逗號表示句子成分之間短暫的停頓，用法如下：

Separating main clauses 用於分開主句

一般由 and、but 連接的句子之間不用逗號，除非被連接的兩個句子有不同的主語。

> You go out of the door and turn immediately left.
> 你出門後立即向左轉。
> It was cold outside, but we decided to go out for a walk anyway.
> 雖然外面很冷，我們還是決定出去散步。

Separating subordinate clauses from main clauses 用於分開主句和從句

從句在主句前面時，常用逗號將兩個句子隔開。

> If you have any problems, just call me. 若你有問題，就打電話給我。
> Just call me if you have any problems. 若你有問題，就打電話給我。

如果從句比較長，主句亦可放在從句之前，但中間須用逗號將兩個句子分開。

> We should be able to finish the work by the end of the week, if nothing unexpected turns up between now and then.
> 從現在開始如果沒甚麼意外的事發生，我們應該能夠在週末完成工作。

Separating relative clauses from main clauses
用於分開主句和關係從句

逗號用於非限定性關係從句之前（見第 276 頁），這類型的從句可為名詞或名詞短語補充信息。

> My next-door neighbour, who works from home, is keeping an eye on the house while we're away.
> 當我們不在家時，我那在家工作的鄰居會幫我照顧房子。
> She moved to Los Angeles, where she was immediately signed as a singer songwriter.
> 她搬到了洛杉磯，在那裏她馬上簽約成為一個唱作歌手。

逗號不能用於限定性關係從句之前（見第 274 頁），因為這種後置的限定性從句可直接修飾前面的名詞。

> Let's make sure the money goes to the people **who need it most**.
> 讓我們確保錢可到達最需要的人手裏。
> The computer **(that) I borrowed** kept on crashing.
> 我借的那台電腦總是死機。

Separating items in a list 用於分開一系列物品

逗號用於分開屬於一個系列或列表中的三個或多個物品。

> She got out bread, butter, and jam.（but bread and butter）
> 她拿出麵包、牛油和果醬。

注意在句中最後出現的 and 和 or 之前不用逗號。

They breed dogs, cats, rabbits and hamsters.

他們飼養狗、貓、兔子和倉鼠。

We did canoeing, climbing and archery.

我們划獨木舟、登山和射箭。

Separating adjectives 用於分開並列的形容詞

無論形容詞作為名詞前的定語還是繫動詞後邊的表語，逗號均可用於並列的形容詞之間。

It was a hot, dry and dusty road.

這是一條灼熱的、乾燥的、滿是灰塵的馬路。

It's wet, cold and windy outside. 外面潮濕、寒冷、還颳着風。

如果 and 出現在句中最後一個形容詞之前，在 and 之前不用逗號。

With adverbials 與狀語連用

如果像 however、therefore、unfortunately 這樣的狀語修飾整個句子時，用逗號隔開狀語與句子其他部分。

However, police would not confirm this rumour.

然而，警方不會證實這個謠言。

Therefore, I try to avoid using the car as much as possible.

因此，我盡可能避免用這輛車。

With question tags and short responses 用於反意疑問句和縮略答語中

逗號用在反意疑問句的疑問附加語 (question tag) 之前，用在縮略答語中的 yes 或 no 之後。

It's quite cold today, isn't it?

今天很冷，不是嗎？

He's up to date with all his injections, isn't he?

他了解自己所有投資的最新進展，不是嗎？

Are you the mother of these children?–Yes, I am.

你是這些孩子們的媽媽嗎？ —— 是的，我是。

You're Amy Osborne, aren't you?–No, I'm not.

你是艾米‧奧斯本，是不是？ —— 不，我不是。

With vocatives 與稱呼語連用

用逗號將稱呼語與句子的其他部分分開。

And now, ladies and gentlemen, please raise your glasses in a toast to the happy couple.

現在，女士們先生們，請舉杯為這對幸福的夫婦祝福。

Come on, Olivia, be reasonable. 拜託，奧利維婭，理智些。

Dad, can you come and help me, please? 爸爸，你能過來幫我嗎？

With discourse markers 與插入語連用

用逗號把插入語（well、now then 等）與句子的其他部分分開。

Well, believe it or not, I actually passed!

噢，信不信由你，我真的通過了！

Now then, let's see what's on TV tonight.

那麼，讓我們看看電視今晚演甚麼。

Actually, I quite enjoyed it.

實際上，我頗享受它。

In reported speech 用於直接引語中

在直接引語後用逗號（如果沒有問號或歎號的話），或者直接引語緊接在逗號之後。

> 'I don't understand this question,' said Peter.
> "我不明白這個問題。" 彼得説。
> Peter said, 'I don't understand this question.'
> 彼得説："我不明白這個問題。"
> 'You're crazy **!**' Claire exclaimed. "你瘋了！" 克萊爾大叫道。
> 'What do you think you're doing**?**' Dad bellowed.
> "你認為你這是在做甚麼？" 爸爸咆哮道。

也可在引述動詞後用冒號，這種用法在美國英語中很常見。

> Peter said: 'Dream on.' 彼得説："做夢去吧。"

In dates 用於日期中

在代表日期的月和年的兩組數字之間用逗號。

> March 31**,** 2011　　　　　　2011 年 3 月 31 日

Quotation marks (' ') or (" ") 引號

Direct speech 引號用於直接引語

直接引語是指說話者實際說的原話，直接引用原話在小說和書面文字中很常見，一般用引號括住。見第 283 頁。

用單引號或雙引號將直接引語括起來。例如：

> **'Have you been to the new shopping precinct yet?'**
> enquired Shona.
> "你去過新的商業區嗎？"蕭娜問。

> **"I've already seen it,"** John replied.
> "我已經去看過了。"約翰回答。

● 逗號須放在引號內，除非引述動詞置於直接引語中間，而且直接引語本身不需要逗號。

> 'There is', Monica said, 'nothing we can do about it.'
> "對於這件事"，莫妮卡說，"我們無能為力。"

Other uses 其他用法

單引號的用法

– 用來強調一個詞。

> The word '**book**' can be used as a noun or a verb.
> "book"這個詞可用作名詞或動詞。

– 表示一個詞的特殊用法。

> She pointed out that websites used for internet voting could be **'spoofed'**. 她指出進行網上投票的網站可能是 "騙人的"。

– 表示作者不贊成某事。

> I don't agree with this **'mercy killing'** business.
> 我不贊成 "安樂死" 這一行業。

注意：如例所示，在這種情況下，句點放在引號之外。

Capital letters 大寫字母

大寫字母（大寫體）表示一個句子的開始。

When I was 20, I dropped out of university and became a model.
我 20 歲時從大學輟學，成為了一名模特兒。

專有名詞每個詞的第一個字母須大寫。包括：

– 人名

Jenny **F**orbes   **W**illiam **D**avidson

珍妮・福布斯   威廉・戴維森

– 星期

Wednesday 星期三   **S**aturday 星期六

– 月份

August 八月   **J**anuary 一月

– 公眾假日

Christmas 聖誕節   **Y**om **K**ippur 贖罪日

– 國籍

Spanish 西班牙的   **I**raqi 伊拉克的

– 語言

Swahili 斯瓦希里語   **F**lemish 佛蘭芒語

– 地理位置

   Australia 澳大利亞   **L**och **N**ess 尼斯湖
   Mount **E**verest 珠穆朗瑪峰   **T**he **M**editerranean **S**ea 地中海

– 公司名稱

   Dyson 迪森   **H**arper **C**ollins 哈珀・柯林斯

– 宗教

   Islam 伊斯蘭教   **B**uddhism 佛教

書、雜誌、報紙、電視節目、電影等標題的第一個字母須大寫。有些標題中主要詞的第一個字母都須大寫（介詞和限定詞不用大寫 ─ 除非它們是標題的第一個詞）。

   The **T**imes《泰晤士報》   **H**ello!《你好》雜誌
   Twelfth **N**ight《第十二夜》   **T**he **S**ecret **G**arden《秘密花園》
   Newsnight《新聞之夜》   **M**amma **M**ia!《媽媽咪呀》

The full stop (.) 句點

句點的用法：

— 表示一句話的結束

Let's have some lunch. 我們吃午飯吧。

I have to catch a bus in ten minutes. 我必須十分鐘內趕上巴士。

— 表示一個句子片段的結束

Are you cold?–Yes, a bit. 你冷嗎？—— 是的，有點冷。

Do you like this sort of music? – Not really.
你喜歡這類音樂嗎？—— 不太喜歡。

— 用在人名的首字母縮寫之後

J.K. Rowling   Iain M. Banks

J・K・羅琳   伊恩・M・班克斯

M.C. Hammer   Ronald G. Hardie

M・C・哈默   羅納德・G・哈迪

— 用在縮寫詞首字母之後（目前已不太常用）

P.S. Do pop in next time you're passing.
附言：你下次路過的時候順便進來。

She's moved to the I.T. department. 她調到資訊技術部了。

R.S.V.P. to Helen Douglas on 01234 676240.
敬請回覆：海倫・道格拉斯，電話 01234 676240。

The U.S. government reacted strongly to the accusation.
美國政府對這一指控反應強烈。

在諸如 Re. , Prof. 這樣的縮寫詞後用句點。

Re. your suggestion that we shorten the lunch hour, could we arrange a quick meeting to discuss the various options?

回覆：你建議我們縮短午飯時間，可否安排一個簡短會議進行具體討論？

Prof. John Johansson will be speaking on the subject of 'Discourse in the Electronic Age'.

約翰‧約翰遜教授將以"電子時代的交際語言"為題進行發言。

Flight BA 345: dep. 09.44 arr. 11.10.

航班 BA 345：起飛 09：44，到達 11：10。

如果縮寫詞包含原詞的最後一個字母，不用句點。

Dr McDonald	**St** Mary's School
麥當奴醫生	聖瑪麗學校
41, Douglas **Rd**	Universal Pictures (UK) **Ltd**
道格拉斯路 41 號	環球影業（英國）有限公司

● 注意以下情況：

– 一些常見縮略詞的首字母後不用句點。

Did you see that programme on **BBC** 4 last night?

你昨晚有看英國國家廣播公司第四頻道的那個節目嗎？

Millions of people now call the **NHS** Direct helpline each year.

每年有數以百萬計的人打上國家醫療服務系統的醫療諮詢熱線。

– 新聞標題、題目、書名的末尾不用句點。

Fear grips global stock markets 恐慌籠罩着全球股市

Teaching grammar as a liberating force 作為解放力量的語法教學

Wuthering Heights《咆哮山莊》

在疑問句的間接引語或表示禮貌請求的句子之後，用句點，不用問號。

> He asked if the bus had left. 他問巴士是否開走了。
>
> Will you open your books on page 14. 請將書翻到第 14 頁。
>
> I wonder what's happened. 我想知道發生了甚麼事。
>
> She asked him where he was going. 她問他要去哪裏。

在美國英語中，句點叫做 period。

The question mark (?) 問號

問號表示一個問句的結束。

> When will we be arriving**?** 我們將在甚麼時候到達？
> Why did you do that**?** 你為甚麼做那事？
> Does any of this matter**?** 這裏有甚麼是要緊的？
> He's certain to be elected, isn't he**?** 他肯定當選，不是嗎？

問號用在疑問句的直接引語之後，句點用在疑問句的間接引語之後。

> The lady said, 'Where are you going**?**' 這個女士說："你要去哪裏？"
> The lady asked where she was going. 這個女士問她要去哪裏。

即使表達疑問的句子不按照疑問句的正常詞序排列或省略了一些詞，也須在句末用問號。需要注意的是：這樣的句子驟眼看像陳述句而非疑問句。

> You know he doesn't live here any longer**?**
> 你知道他不再住在這裏嗎？

注意在疑問句的間接引語之後用句點，不用問號。

> I'd like to know what you've been doing all this time.
> 我想知道一直以來你都在做甚麼。
> I wonder what's happened.
> 我想知道發生了甚麼事。

在一個看似是疑問句、但實際上是表示禮貌請求的句子之後用句點，不用問號。

> Will you please return the completed forms to me.
> 請你將填好的表格退回給我。
> Would you please call my brother and ask him to collect my car.
> 請你給我哥哥打電話，要他來取我的車。

The exclamation mark (!) 感歎號

感歎號用在感歎句的句末或感歎詞的後面。

I can't believe it! 我簡直不敢相信!

Oh, no! Look at this mess! 哦,不!看這裏亂七八糟的!

如果過度使用感歎號,就會失去作用。在情感不是很強烈的句子之後最好用句點。

It was such a beautiful day.
真是美好的一天。
I felt like a perfect banana.
我覺得自己是個十足的笨蛋。

The colon (:) 冒號

冒號表示兩個主句之間的停頓，比逗號停頓得長些，但是比句點短。

冒號的用法：

– 用在列舉事物之前

> I used three colours: green, blue and pink.
> 我用了三種顏色：綠色、藍色和粉色。
> Make sure you wear clothes made from natural fibres: cotton, silk and wool.
> 確保你穿的衣服是用天然纖維製造的，如棉花、絲綢和羊毛。

– 用在解釋或原因之前

> Nevertheless, the main problem remained: what should be done with the two men?
> 不過，接下來的主要問題是：該怎麼處置這兩個人？
> I decided against going away this weekend: the weather forecast was dreadful.
> 我決定這週末不走了：天氣預報說天氣很糟糕。

– 用在介紹性標題之後

> Cooking time: about five minutes. 烹飪時間：大約五分鐘。
> Start time: 10 o'clock. 開始時間：10 點。

– 在較正式文體中，用於相關的兩個句子之間

> It made me feel claustrophobic: what, I wonder, would happen to someone who was really unable to tolerate being locked into such a tiny space?

這讓我感覺像患了幽閉恐懼症：我想知道不能忍受被鎖在狹小空間的人會有甚麼反應？

Be patient: the next book in the series has not yet been published. 耐心點，這系列的下一本還沒出版。

– 用在書名的第二部分之前

Farming and wildlife: a study in compromise《農業與野生動物：協調的研究》

Beyond single words: the most frequent collocations in spoken English《超越單個詞語：英語口語常用搭配詞》

– 在美式英語中，冒號用在直接引語之前。直接引語較長時，也可以用冒號引出。

He said: 'You owe me three dollars and twenty-five cents.'
他說：“你欠我三美元二十五美分。”

The Health Minister said: 'The NHS I.T. programme will mean that patients will get access to more comprehensive information to help them make choices. '
衛生部部長說：“啟用英國國家醫療服務系統資訊技術專案，意味着病人可以查詢到更全面的資料，以幫助他們作出選擇。”

The semicolon (;) 分號

分號用於兩個主句之間，表示它們之間是平行或對比關係。

比較兩組句子：

> The engine roared into life. The propellers began to turn.
> 發動機轟響着起動了。螺旋槳開始轉動。
>
> The plane taxied down the runway ready for takeoff.
> 飛機在跑道上滑行準備起飛。
>
> The engine roared into life; the propellers began to turn; the plane taxied down the runway ready for takeoff. 發動機轟響着起動了，螺旋槳開始轉動，飛機在跑道上滑行準備起飛。

在兩個獨立的句子之間可用分號。

注意：在兩個獨立的句子之間還可用句點。但在敍述中如果想把彼此相關、前後連續的意思表達得更清楚，最好用分號。

> I'm not that interested in jazz; I prefer classical music.
> 我對爵士樂不那麼感興趣，我更喜歡古典音樂。
>
> He knew everything about me; I had never even heard of him.
> 他知道有關我的一切，我卻從未聽説過他。

分號還可用於分開列舉的事項，尤指所列舉的事項是短語或句子，可能還是帶逗號的句子。

> The holiday was a disaster: the flight was four hours late; the hotel, which was described as 'luxury', was dirty; and it rained for the whole fortnight.
> 這個假期簡直就是個災難：飛機延遲了 4 個小時，標榜 "豪華" 的酒店其實很髒，而且整整兩星期都在下雨。

Brackets ( ) 括弧

括弧，也叫**圓括號 (parentheses)**，用於將可省略的一個詞或幾個詞括起來，而整個句子意義完整。

> The wooded area (see map below) is approximately 4,000 hectares. 林區（看下方地圖）大約有 4,000 公頃。
>
> This is a process which Hayek (a writer who came to rather different conclusions) also observed.
> 這就是海克（一個得出相當不同結論的作家）也觀察到的一個過程。

括弧表示替換或選擇。

> Any student(s) interested in taking part should e-mail me.
> 任何有興趣參加的學生都應給我發郵件。
>
> A goat should give from three to six pints (1.7 to 3.4 litres) of milk a day.
> 一隻山羊每天能產三到六品脫（1.7 到 3.4 升）奶。

注意：如果有括注的那一部分後面需要標點符號，標點符號須放在括弧外面。

> I haven't yet spoken to John (I mean John Maple, my boss), but I have a meeting with him on Friday.
> 我還沒跟約翰談（我的老闆，約翰‧梅普爾），但週五我要和他會面。
>
> For lunch we had sandwiches (pastrami on rye and so on), salami, coleslaw, fried chicken, and potato salad.
> 我們午飯有三明治（稞麥麵包夾五香燻牛肉等）、意大利臘腸、菜絲沙律、炸雞和薯仔沙律。

如果標點符號只用於被括注部分而非整個句子時，要將標點符號放在右括弧的前面。

He's very handsome (positively gorgeous in fact!) and still single. 他很英俊（簡直太英俊了！），而且仍然單身。

Square brackets [ ] 方括號

方括號常用來在書裏或文章中插入一些文字，使引語 (quotation) 的意思更明確，或對引語的內容作出評論。方括號內的文字是作者加上去的，並非引語的一部分。

Mr Runcie concluded: 'The novel is at its strongest when describing the dignity of Cambridge **[**a slave**]** and the education of Emily **[**the daughter of an absentee landlord**].**'

朗西先生總結説："這本小説最精彩的地方，在於描寫坎布里奇 [一個奴隸] 的尊嚴和愛美莉 [一個外居地主的女兒] 所受的教育。"

The hyphen (-) 連字符

連字符用來連接字母或單詞。連字符用在行末被斷開的單詞後，意在提醒讀者該詞的其餘字母在下一行。一般情況下，如果該詞由兩個或兩個以上的詞或詞素構成，連字符應放在第一部分的末尾，或放在某個音節的末尾。

wheel-barrow 獨輪手推車   inter-national 國際的
listen-ing 聽   compli-mentary 稱讚的
infor-mation 資料

如果詞較短，或者被破開後該詞只有一個或兩個字母置於行末或行首，最好不用連字符破開，如 un-natural，最好寫成 unnatural 放在下一行，而不是把 un- 寫在上一行末尾而把 natural 寫在下一行的行首。

在給以大寫字母開頭的詞加字首後，在字首後面要用連字符。

a wave of anti-British feeling 一股反英情緒
a neo-Byzantine cathedral 一座新的拜占庭式大教堂

連字符用來連接兩個或多個詞以構成一個複合形容詞，這個形容詞放在所修飾的名詞之前。

an up-to-date account 最新的賬目
a last-minute rush 最後衝刺
a six-year-old boy 一個六歲男孩

如果複合形容詞置於所修飾的名詞或代詞之後，可省略連字符。

The accounts are up to date. 賬目是最新的。
It was all rather last minute. 這是最後關頭。

He's six years old. 他六歲了。

有些普通複合名詞也用連字符。

mother-in-law 岳母　great grandmother 曾祖母

連字符用在詞綴與詞根之間，意在表明新詞是如何構成的。

re-elect 重選
re-covering furniture 重新遮蓋傢具
re-creation 再創造

The dash（一）破折號

● 帶空格的破折號（破折號之前和之後要空一格）的用法：

– 用在插入語的開頭和結尾，表示句子被插入語打斷。

> Now children – Kenneth, stop that immediately! – open your
> books on page 20. 現在孩子們 — 肯尼思，馬上停止那樣做！
> — 將你們的書翻到第 20 頁。

– 分開附加的資料。

> Boots and shoes – all shapes, sizes and colours – tumbled out.
> 靴子和鞋 — 各種款式、大小和顏色的 — 一下子全倒了出來。

● 不空格的破折號（破折號之前和之後沒有空格）的用法：

– 表示範圍。

> pages 26 – 42 第 26 – 42 頁

– 用在兩個形容詞或名詞修飾語之間，表示兩個國家或組織同時參
與某事，或表示某一個體擔當兩個角色或兼顧兩個方面。

> Swedish – Norwegian relations improved
> 瑞士 — 挪威的關係得到改善
> the United States – Canada free trade pact
> 美國 — 加拿大自由貿易協定
> a mathematician – philosopher 一個數學家兼哲學家

– 表示飛機或火車等在兩地之間穿梭。

> the Anguilla – St Kitts flight 安圭拉島 — 聖基茨島的航班
> the New York – Montreal train 紐約 — 蒙特利爾的火車

The slash (/) 斜線

斜線可將字母、詞和數字分開，表示替換、比例和範圍，也用在網址中。

he/she/it	他 / 她 / 它
200 km/hr	200 千米 / 每小時
the 2001/02 accounting year	2001/02 會計年度
http://www.abcdefg.com	

Punctuation in numbers 數字中的標點符號

Dates 日期

句點和斜線常用在日期中。

		美式英語	
12.3.09	2009 年 12 月 3 日	3/12/09	2009 年 12 月 3 日
2.28.11	2011 年 2 月 28 日	2/28/11	2011 年 2 月 28 日

Scientific usage 科技術語

在科技術語的縮寫詞之後不用英文句點。

12 kg　12 千克　　　　　　50 cm　50 厘米

Times 時間

句點用於表示時間，有時也用冒號。

4.15 p.m 下午 4 點 15 分　　21.15 晚上 9 點 15 分
3:30 a.m 凌晨 3:30　　　　　20:30 晚上 8:30

Long numbers 多位數

逗號用在數字中，分割千位數和百萬位數。

1,359　　　　　　　　　　2,543,678

Decimals 小數

句點表示小數點。

1.5　　　　　　　　　　　25.08

Index 索引